백남준-쇼를 해라

서연비람은 조선 시대 왕궁 내, 강론의 자리였던 서연(書筵)에서 강관(講官)이 왕세자에게 가르치던 경전의 요지를 수집하여 기록한 책(비람備覽)을 말합니다. 서연비람 출판사는 민주주의 국가의 주인인 시민들 역시 지속 가능한 과거와 현재, 미래의 이치를 깨우치고 체현해야 한다는 믿음으로 엄선한 도서를 발간합니다.

역사와 문학 비람북스 인물 시리즈

백남준 -쇼를 해라

초판 1쇄 2024년 12월 31일
지은이 신옥철
편집주간 김종성
편집장 이상기
펴낸이 윤진성
펴낸곳 서연비람
등록 2016년 6월 29일 제 2016-000147호
주소 서울시 강남구 남부순환로 2909, 2층 201-2호
전자주소 birambooks@daum.net

ⓒ 신옥철 2024, Printed in Korea.

ISBN 979-11-89171-83-4 44810
ISBN 979-11-89171-26-1 (세트)

값 10,800원

역사와 문학

비람북스 인물시리즈

쇼를 해라

백 남 준

신 옥 철 지음

서연비람

차례

머리말

"쇼를 해라."

"쇼를 하다니? 정말 쇼하고 있구나."

백남준을 알고 나서 든 생각이다. 내가 처음 백남준을 알게 된 것은 대학에 다닐 때였다. 독일 유학을 다녀온 교수에 의하면 현대미술사에서 20세기 초 가장 위대한 인물이 피카소이고 후기에는 백남준이라는 것이었다. 그리고 '현대 서양 미술사' 강의 콘텐츠에 한국인의 이름 '백남준'이 당당히 올려져 있었다.

'서양 현대미술사에 한국인? 어떻게 그럴 수가 있지?' 하는 생각을 했다. 피카소는 초등학생도 잘 아는 인물이지만, 백남준이라는 이름은 처음 듣는 이름이었기 때문이다. 그도 그럴 것이 백남준은 당시 생전에 있었다. 놀라웠다. 작은 나라 한국에서 피카소를 능가하는 세계적인 인물을 배출하다니….

그리고 알게 된 백남준은 놀라움의 연속이었다. 그 놀라움은 대학원에 가서도 계속되었다. 미학도였던 내가 강의

실 교수님들께 가장 많이 들었던 말이 '새로워야 한다.', '재미있어야 한다.' 그리고 '감동이 있어야 한다.'라는 것이었다. 나도 그렇게 생각했다. 그것이 없으면 예술에서는 물론 삶에서도 별 볼 일 없는 것이니까. 그런데 백남준이 이 세 가지 요소를 충족시킨 세계적 인물이라는 것이다.

사진기 출현 이후 새로운 그리기 기법을 창시하여 추상화를 있게 한 피카소, 유치원 아이의 그림처럼 알 수 없는 본격 추상화의 칸딘스키와 몬드리안, 추상에 대한 조롱 섞인 문제 제기로 변기통을 들이댄 뒤샹, 나아가 결과물을 남기지 않겠다는 행위예술에 이브 클라인, 행위를 넘어 자신의 똥을 캔에 담아 제시한 만쪼니까지…. 진도가 나아갈수록, 공부가 깊어질수록 기상천외한 대가들의 시도를 보면서 놀라웠고 재미있었다. 그렇다면 백남준은 여기서 더 나아간단 말인가?

20세기 후반 백남준은 이를 알고, 이들을 넘어서는 세계적 인물들의 그룹에 속해 있는 사람이었다. 유명한 퍼포먼스 〈4분 33초〉의 존 케이지와 여성 전위예술가 샬롯 무어만 등이 있는 그룹에서 세계적 진보 예술가로 활동하고 있는 인물이었다. 나는 역사 속 미치광이로 불리던 서양의 '다다이즘'을 알고 있었고, 동양 기인들의 이야기 '미쳐야

산다'를 알고 있었다. 하지만 백남준을 알고 나서 '쇼를 해라'라는 그의 말처럼 그는 정말 '쇼를 했구나' 하고 생각했다. 알아갈수록 그의 삶은 '쇼' 그 자체였다.

일제 강점기 우리나라 서울의 한복판 가장 큰 대문집에서 태어난 그는 유치원도 수입 외제 차를 타고 다니고, 17살에 7번째로 여권을 발급받을 수 있는 부잣집 아들이었다. 공부도 잘하여 경기고등학교에 다녔고 일본 도쿄대학교를 졸업했다. 이후 자신이 하고 싶은 공부를 위해 독일로 가 음악가로 출발한 그는 행위 예술가로 명성을 떨친 후 비디오 아트 창시자가 되어 세계적 위인으로 인정을 받는다. 그리하여 모국에 알려지기까지 그의 행동은 변기통을 들이댄 뒤샹보다도, 똥 캔을 만들어 예술이라고 우긴 만쪼니 보다도 더 파격적이고 과격했다.

미치광이 다다이즘 이후 건달패로 불린 플럭서스 멤버로 활동할 때의 그의 행적은 비디오 아트의 창시자로서의 영광의 길이 어떠했는지를 잘 보여 준다. 스승이라고 부르는 존 케이지에 도전하고 넘어서는 퍼포먼스에서 피아노를 부수고 무대를 내려가 넥타이 자르기, 머리에 먹물을 묻혀 머리통 붓으로 글쓰기, 구두에 물을 담아 벌컥벌컥 마셔 버리기, 바이올린 때려 부수기, 여성 파트너와 나

체 공연을 하다 경찰서에 연행되어 가기에 이르기까지 그
야말로 '쇼'의 연속이었다. 그의 이런 도전은 '세계의 역
사는 우리에게 알려준다. 주어진 게임에서 이길 수 없다
면 규칙을 바꿔라.'라는 말을 남기며 자신의 신념을 구축
해 가는 과정에 불과했다. 그리고 그 과정을 거쳐 그가 남
긴 큰 업적은 정통 예술 장르로 돌아가 이 세상엔 없던 분
야를 창시한 것이었다. 그리고 진짜 '쇼' 위성 중계 '비디
오 아트 쇼'까지 해치웠다. 자신만의 새로움 찾기에 성공
한 것이다.

하지만 그런 그에게 내가 가장 높이 산 부분은 미래를 내
다보는 빛나는 혜안이다. 백남준은 1970년대에 전자 초고
속도로 예견했다. 인터넷 혁명을 내다본 것이다. 그는 당대
보다 최소 50년을 앞서 노트북 PC와 스마트폰 시대를 말
했다. 그의 예견대로 현대인은 누구나 손에 작은 TV를 가
지고 다니면서 전자 고속도로(현재의 인터넷)를 이용한다.
유튜브와 스트리밍도 예언했다. '미래에는 누구나 쉽게 영
상을 찍어 공유하고 소통하는 시대가 올 것이다'라고 말한
것이다. 그리고 1964년에 지금의 AI 로봇의 전신 격인 전
자 로봇 〈K456〉을 만들었다. 이 로봇은 팔을 흔들며 걸을
수 있고 마른 콩을 배설할 수 있었다. 20개 채널이 나오는

라디오가 들어있었고, 스피커로 만든 입, 종이 모자, 선풍기 배꼽을 지니고 있었다. 〈K456〉은 1982년 교통사고로 죽음을 맞는다. 그가 퍼포먼스로 처리한 것이다.

놀라웠다. 그의 생각과 업적은 세계적 수준임이 분명했다. 한국이라는 작은 나라에서 태어난 그가 한국에 알려진 것은 세계에서 유명 인사가 된 1984년 〈굿모닝 미스터 오웰〉이라는 비디오 아트 우주쇼 이후였다. 일본에서는 그를 자신들이 키워낸 인물이라고 자랑한다고 한다. 독일에서도 그의 예술의 고향은 독일이라고 주장하고, 뉴욕에선 활동 무대가 뉴욕이었으니 뉴욕의 예술가 아니냐고 주장한다고 한다. 그런 백남준에게 한 기자가 물었다.

"당신은 왜 한국 무대를 놔두고 외국 무대에서만 활동합니까?"

백남준은 이렇게 대답했다.

"문화도 경제처럼 수입보다는 수출이 필요해요. 나는 한국문화를 수출하기 위해 세상을 떠도는 문화 상인이죠. 한국을 홍보하는 일은 내가 잘되면 저절로 이루어집니다. 그래서 나는 한국을 사랑하는 일을 발설하지 않고 참고 있습니다."

백남준은 끝까지 한국의 국적을 지켰다. 그런 그가 22세기에 대한 예견으로는 전자 고속도로인 인터넷 시대를 넘어 정신력, 심령력이 세상을 지배하는 시대가 올 것이라고 예견했다.

20세기에 대한 예언은 21세기 분명히 확인하였지만 유감스럽게도 난 22세기에 살아남을 수 없어 이 예견을 확인해 볼 수는 없다. 아쉽게도 독창성의 천재 백남준도 죽음의 순간만큼은 창의적이지 못하고 자연인이었다. 하지만 그는 살아 있는 동안 많은 이들에게 재미를 주고, 자신도 재미있게 한바탕 잘 놀다간 사람인 것은 분명하다. 나는 내가 쓴 이 책을 통하여 젊은이들이 '새롭고, 재미있고, 감동적인' 삶을 사는 일에 관심을 갖기를 바란다.

글을 마치며 나의 고민은 평생 획기적으로 살아온 백남준의 소개를 고전적 영혼의 관점인 상투적인 방법을 택한 점이다. 백남준 후대에 살면서도 그보다 더 새로운 것을 찾지 못했기 때문이다. '쇼'를 하라 하니 '쇼'를 해야 하는데 못하고 말았다. 나는 비록 실패했지만, 이 책을 읽는 젊은이들에게는 '쇼를 해라'라는 그의 말을 그대로 전해 주고 싶다. '쇼'가 새롭지 않으면 망하고, '쇼'가 재미있지 않으면 사람들은 관심을 보이지 않는다. 감동은 '쇼'가 새롭고 재미있을 때 저절로 이루어지는 것이다.

그가 자기 생각을 전하기 위하여 미치광이, 건달패 소리를 들으면서도 용기를 내 밀어붙였던 것처럼

"젊은이들이여! 쇼를 해라. 쇼를 해."

2024년 8월

신옥철

제1부 백남준이 걸어 온 길

2006
아주 특별한 장례식

그가 죽었다. 그는 비디오 아트를 창시한 백남준이다. 그는 영혼이 되어 자신의 죽은 모습을 지켜보고 있다. 장례식장, 제법 근사하다. 뉴욕 매디슨가에 있는 '프랭크 캠벨 장례식장'. 아내가 신경을 써 선택한 장소이다. 세계 여러 나라에서 조문객이 올 것을 배려하여, 아니 아내가 그를 보내는 마지막 의식인 만큼 온 마음을 다하여 준비한 것이다. 2월 3일 그가 죽은 지 그러니까 5일이 지나고 드디어 영결식을 진행한다. 아내 시게코는 참 바쁘다. 여러 사람에게 보일 관속 남편의 모습을 꾸며주어야 하기 때문이다. 마호가니 관도 그럴듯하다. 생전에 겉치레 같아 보이는 의식에 관심이 없었던 그가 자신의 관을 준비할 수 있었다면 저렇게 고급스러운 관은 아니었을 텐데…. 시게코. 그의 아내. 평소에 '사랑은 늘 더 많이 사랑하는 사람이 손해다.'라고 말하곤 하더니 그가 죽고 나서야 마음껏 자신이 원하는 대로 장례식을 준비하며 바쁘게 오가고 있다.

만약 그가 결혼하지 않았더라면 지금 어떤 장례식을 치르고 있을까? 그보다도 뇌졸중에 걸려 반신불수로 살아가는 긴 투병 생활을 어떻게 견딜 수 있었을까? 평소에 그는 결혼은 꼭 필요한 것은 아니라고 생각하였다. 그러니 구태여 결혼할 필요가 없었다. 결혼은 하거나 말거나 예술인으로 살아가는 일에 큰 영향을 미치는 것은 아니라고 생각했다. 오히려 혹, 결혼이란걸 하면 여자나 아이들이 원하는 게 있을 것이고 그렇게 매이는 몸이 되면 예술 활동에 분명히 걸림돌이 될 것으로 생각하는 쪽이었다. 아내 시게코는 그런 그의 입장을 존중해 주었다. 그래서 오랜 동거생활을 유지할 수 있었고, 그러다가 운명이었던지 시게코로 인하여 결혼을 하게 되었다. 결혼 후에도 그에게는 당연히 우선순위는 예술 활동이었다. 그는 자기의 삶, 또 아내의 삶 모두 각자의 뜻에 따라 이루어져야 한다고 생각했다. 그는 자기 삶이 누구에게 구속되거나 제약받아서는 안 된다는 생각이었기 때문에 아내에게도 이렇게, 저렇게 살아야 한다고 강요한 바가 없다. 그래서 그렇게 잘 진행되고 있다고 여기며 살아왔다. 그러다가 반신불수의 삶을 살게 되어서야 그런 자유로운 삶이 아내의 배려와 인내로 가능했다는 것을 알게 되었다. 긴 투병 생활 중 아내의 희생과 도움 없이는 밥 한술 입에 떠 넣을 수 없게 되었을 때야 비로소 자기 삶은 아내의 무한한 희생으로 이룰 수 있었던 것임을 깨달은 것이다. 병석에서 아내는 어린 시절의 어머니였다. 사랑이 아니고는 불가능한….

죽은 그의 영혼이 아내의 점검을 마치고 관 속에 누워있는 자기 모습을 바라본다. 나쁘지 않다. 저런 모습이라면 조문객을 맞이하는 데 손색이 없을 것 같다. 사람들은 평소에 커다란 주머니를 단 남방에 헐렁한 멜빵바지를 입고 다니던 모습이 아니어서 낯설어할 것 같다. 오전 11시. 많은 사람이 다녀갔다. 아내 시게코는 죽어 누워있는 남편에게는 피아노 건반 문양의 검은 목도리를, 자신은 같은 문양의 하얀 목도리를 하고 관 옆에 서 있다. 이 조합도 마음에 든다. 평상시라면 무슨 커플 연출인가 했겠지만, 그는 이제 그가 할 수 있는 것은 아무것도 없고, 오직 아내가 하는 대로 지켜볼 수밖에 없는 상황을 인정하며 정말 자신이 죽었다는 걸 실감한다. 이 유치한 연출이 기분이 나쁘지 않다고 생각한다. 오늘이 지나면 아내와 이렇게 단정히 차려입고 나란히 저 많은 조문객을 맞이해 볼 기회는 다시는 없을 것이기에….

조문객의 줄이 길게 이어졌다. 장례식 진행을 보는 사람은 그의 조카1이다. 조카는 그날 장례식에 참가한 주요 인사를 소개했다. 휠체어를 타고 참석한 머스 커닝햄과 제자 빌 비올라, 그와 함께 플럭서스 멤버로 활동했던 오노 요코, 그리고 한국, 일본, 독일, 네덜란드, 프랑스. 여러 나라의 인사들. 평소 가까웠던 지인들이 돌아가며 죽은 이와의 회고담을 들려준다.

먼저 오노 요코가 말한다.

"1970년대 초기 뉴욕에서 나는 백 선생과 함께했습니다. 그의 예언자적 기질과 천재성은 여러분도 모두 잘 아시지요."

조문객들은 그의 말에 동의하며 손뼉을 친다.

나무, 다리, 섬까지 천으로 싸 버리는 대지 예술가 크리스토와 그의 부인 잔 클로드도 장례식에 와 주었다.

"나는 언젠가 남준에게 피아노를 빌려 붕대로 싸는 작업을 하여 작품을 만들었습니다. 그런데 전시를 마치고 돌려주었더니 남준이 골이 나서 그걸 다 풀어 버렸지 뭡니까? 아마 지금 저기 누워서 남준은 그 일을 가장 후회하고 있을 것입니다."

---

1 조카 : 건(健, 1951년 ~ 일본명 하쿠다 켄). 현재 일본 국적이며 뉴욕 백남준 스튜디오의 대표로서 백남준의 저작권 및 법적 권리 승계자.

하하하….

조문객이 웃었다. 그러자 크리스토가 다시 말을 이었다.

"그걸 그대로 놔뒀더라면 아마 지금은 수백만 달러가 되었을 것입니다. 그러면 나는 부자가 될 수 있었을 텐데. 정말 아깝습니다"

조문객들이 다시 한번 크게 웃는다.

그렇다. 그때 그는 골이 나 있었다. 다른 친구에게 빌려준 피아노가 엉뚱하게도 광목 쪼가리에 칭칭 감겨서 크리스토의 전시장에 있었으니까.

분위기가 갑자기 바뀌었다. 사회를 보던 조카가 돌연 예기치 못한 제안을 한다.

"여러분! 잠시 집중하고 제 말을 들어주시기를 바랍니다. 오늘 우리는 세계적인 비디오 예술가, 괴짜 백남준 선생을 영원한 안식의 나라로 보내기 위해 이 자리에 모였습니다. 저의 삼촌이기도 한 백남준 선생은 자신의 장례식일지라도 반드시 무언가를 하고 말았을 것입니다. 여러분도 잘 알다시피 그는 엄숙하고 무거운 장례식은 좋아하지 않을 것이 분명합니다. 그래서 제안 하나 하려고 합니다. 이 자리에서

예술가였던 고인에게 어울리는 퍼포먼스를 하면서 즐겁게
보내드리면 어떻겠습니다."

"좋은 생각입니다."

"네, 그렇다면 1960년 백남준이 존 케이지를 흠모해 진
행한 넥타이 퍼포먼스 〈존 케이지에게 보내는 경의〉를 재
현해 보도록 하겠습니다."

"멋진 생각이오. 남준도 기뻐할 것이오."

'앗! 저건 내가 존 케이지의 넥타이를 잘랐던 퍼포먼스잖
아? 내 지인들은 역시 나를 잘 알고 있군.' 그의 영혼이 흥
미롭게 장례식을 지켜보고 있다. 하객들에게 가위가 하나
씩 주어졌다. 제일 먼저 그의 일본 친구 오노 요코가 성큼
성큼 다가가 진행자 조카의 넥타이를 싹둑 잘랐다.

그러자 싹둑싹둑, 싹둑싹둑-. 서로 옆 사람의 넥타이를
자르고 있다.

'어라? 저 양방들….'

노 타이의 남성들과 여성들은 자기 옷 일부를 자른다.

'다들 비싼 옷으로 그럴듯하게 차려입었구먼.'

장례식 분위기는 금세 재미있는 퍼포먼스의 장이 되었다.

싹둑, 싹둑 여기저기서 넥타이 자르는 소리, 가볍게 웃는
소리.

사람들은 자른 넥타이를 가지고 와 헌화하듯 그의 가슴에 올려놓는다. 그 줄 또한 길고 길다. 지켜보고 있는 그의 영혼, 기분이 좋다. 뜻하지 않게 알록달록 넥타이 이불을 덮게 되었다고 좋아한다.

'앗, 그런데 저 많은 사람이 자른 넥타이를 모두 나에게 올려놓는단 말인가? 무겁다고 무거워.'

이상하게 관속 남준은 무거워하지 않는다. 그러니 그의 영혼도 그냥 즐겁다. 그날 처음 만난 사람들도 오랫동안 알고 지내 온 것처럼 친구가 되고 있다. 그로 인하여…. 이 얼마나 기쁜 일인가. 장례식이 끝나자 넥타이가 반쯤 잘린 신사들이 매디슨 거리를 메웠다. 진풍경이다. 이들은 마주치면 잘린 넥타이로 서로를 알아보곤 미소로 인사를 나눈다. 그도 구닥다리 영혼이 되어 높은 곳에서 내려다보며 인사를 한다. 살아 있을 땐 늘 한 시대쯤 앞서 나갔던 그가 죽어서는 퇴보하여 오랜 과거 고전적 영혼이 되어 있다. 아무러면 어떤가. 어차피 살아있을 때도 정해진 것이라곤 없었던 것을….

'여러분 안녕, 안녕! 모두 모두 감사해요.'

1932
유치원 친구 경희 그리고 엄마

　남준은 1932년 7월 20일 서울시 종로구 서린동에서 태어났다. 그의 아버지는 백낙승, 해방 후 최대섬유업체인 '태창 방직'을 경영하던 섬유 업계 대부였다. 아버지는 홍콩을 무대로 무역업을 하였다. 할아버지는 조선 말기 나라가 국상을 당했을 때 만조백관이 입을 상복 일체를 도맡아 제조하는 섬유업자였다. 당시 종로5가 동대문 일대의 포목점이 모두 백씨 집안의 소유일 정도로 부자였다. 남준의 집에는 서울에 딱 2대밖에 없었다는 수입 승용차 캐딜락이 있었고, 거실에는 피아노와 전축이 갖춰져 있었다. 집안의 재산은 당시 한성은행 자본금의 3배에 달했다고도 한다. 남준은 이렇게 부잣집 막내 도련님으로 태어났다. 하지만 이건 전해 들은 이야기고 아주 어렸던 시절의 기억은 당연히 없다. 그가 기억할 수 있는 것은 유치원 다니던 무렵부터이다.

　유치원 다니던 시절 남준은 비교적 말이 없는 아이였다.

남준에게는 잊히지 않는 일이 몇 가지 있다. 한번은 큰누나가 짜 준 털실 바지를 가위로 잘라버렸다. 잘린 부분에서 실오라기 한 가닥이 잡혔다. 살살 잡아당기자 솔솔 풀리면서 점점 바지가 짧아졌다. '아하! 이렇게 되는 것이었구나.' 엄마가 야단을 쳤다.

"아니 누나가 짜준 바지를 잘라버리다니 도대체 무슨 심술이니? 누나가 섭섭할 텐데."

"누나한텐 고마운데요. 바지가 어떻게 만들어지는 건가 보려고 하다가 그만."

"아니 뭐라고? 가위로 자르면 못쓰게 되지."

"호호, 어머니 막내가 아주 호기심이 많은 아이인가 봐요. 혼내지 마셔요. 하지만 다시는 안 만들어 줄 거야."

누나 때문에 더 이상 꾸지람을 듣지 않았지만, 그때 처음으로 누군가에게 미안하다는 감정을 체험하였다. 이후 한동안 모든 옷은 털바지처럼 실오라기 하나로 이루어지는 줄 알았다.

다음으로 어린 시절의 기억은 유치원 짝꿍 이야기이다. 경희라는 예쁜 아이가 있었다.

큰 대문집이라고 불리는 한옥 넓은 마당에서 남준은 종

종 외사촌들과 공을 가지고 놀았다. 경희 엄마는 가끔 경희를 데리고 그의 집으로 놀러 왔다. 경희는 남준과 같은 유치원에 다니는 친구이다.

"남준아, 경희 왔다."

엄마가 부른다.

"어른들 얘기하게 경희 데리고 가서 놀아라."

경희가 오면 사촌들은 으레 그랬듯 뿔뿔이 흩어진다.

"남준이 색싯감 왔단다. 우리 자리를 피해 주자. 히히"

어릴 적 남준은 말이 없고 수줍음을 많이 타는 아이라는 소리를 들었다. 그건 사실이었다. 왜냐하면 경희와 함께 있어도 좀처럼 말을 하지 않았으니까. 그날도 엄마가 이르는 대로 경희를 데리고 방으로 갔지만 남준은 경희와 어떻게 놀아야 할지 몰라 혼자서 책만 보았다.

"이거 일본 그림책이네. 우리 집에도 있어."

경희가 말을 걸어왔지만, 남준은 책에서 눈을 떼지 않았다.

"나도 읽을래."

경희도 펼쳐놓은 책 한 권을 집어 들었다. 당시 남준의 집에는 '고단샤 노에 혼'2 고단샤의 그림책이 가득했다.

책을 읽는 척하였지만, 눈에 들어오지 않았다. 어느 날 경희 엄마가 '남준아, 우리 경희는 책을 좋아하니까 네 방에 데리고 가서 책 좀 보여주겠니?' 하는 말을 듣고 경희가 오면 방으로 데려와 책을 펼쳐놓곤 하였다. 예쁜 경희는 책을 참 좋아했다. 남준도 책을 좋아했다. 두 아이는 어머니가 내주는 귤, 약과 같은 간식을 함께 먹으며 함께 놀았다.

경희네 집은 그리 멀지 않은 곳에 있어 매일 아침 자동차로 함께 유치원에 갔다. 창밖으로는 소가 끄는 우마차와 전차가 지나가고 있었다. 유치원을 마치고 집으로 돌아올 때는 가끔 전차를 타기도 했다. 남준은 자가용보다 경희와 함께 전철을 타고 오는 것을 더 좋아했다.

남준이 다니던 유치원은 애국유치원이다. 애국유치원은 지금의 서울 명동성당 건너편에 있는 상류층 부인들의 모임인 '애국부인회'가 경영하는 유치원이었다. 당시 일반인들은 초등학교 입학도 어렵던 시절이었지만 부잣집 자녀였던 남준과 경희는 이 유치원에 다녔다.

---

2 고단샤 노에 혼 : 일본에서 1936년 출판된 그림책 전집. 단행본 형식의 최초그림책, 이후 그림책 계에 많은 영향을 주었음.

벚꽃이 만개한 어느 봄날이었다.

"남준아, 내일은 기동차3 타고 뚝섬으로 원정 갈 거야."

"원정? 누구랑? 누나랑 형이랑?"

"아니, 경희네랑 갈 거야. 그러니까 우리 막내만 데리고 가는 거야."

'경희랑 간다고?' 남준은 기분이 좋았다. 예쁜 경희랑 기동차를 타고 가서 종일 놀 수 있다니…. 남준은 아침 일찍 일어났다. 스스로 세수를 마치고 엄마가 언제 옷을 입혀 줄까 기다리고 있었다. 엄마는 귤이랑, 바나나랑 이것저것을 챙기느라 한참 뒤에야 옷을 챙겨 주었다. 어머니도 예쁜 나들이 한복을 입었다. 화사하게 차려입은 엄마는 참 고우셨다. 전차 역에 나가는 일이 한없이 기뻤지만, 안 그런 척 조용히 따라나섰다.

땡땡땡땡

기동차가 왔다.

"날씨가 참 좋아요."

---

3 기동차 : 가솔린 기관 또는 디젤 기관 등의 내연 기관을 장치하고 그 기관의 동력을 이용하여 운행할 수 있는 철도 차량.

"그러게요." 어른들이 인사를 하고, 경희도 남준에게 인사를 했다.

"안녕."

그리고는 곁으로 와 귓가에 입을 대고 속삭였다.

"남준아 너 오늘 멋있다. 옷도 멋지고 머리도 모양도 멋있어."

남준은 가슴이 쿵! 뛰었다. 그래서 아무 말도 못 했다.

"남준아, 나는?"

답이 없자 경희가 묻는다. 예쁜 원피스를 입은 경희가 참 예뻤지만, 이번에도 예쁘다고 말하지 못했다.

"남준아, 경희가 예쁘냐고 묻지 않니. 대답해 줘야지. 예쁘지?"

엄마의 말에 남준은 고개만 끄떡였다.

그날은 한강 둔치에서 경희와 맛있는 것도 먹고, 모래 쌓기도 하고, 술래잡기도 하며 즐겁게 놀았다.

그런데 남준은 경희가 쌓는 모래 두꺼비 집을 부숴버리는 것이었다. 경희의 두꺼비 집이 마음에 들지 않았다. 말로 하기는 쑥스럽고 그냥 두려니 마음이 내키지 않았다.

"이 씨, 너 왜 자꾸 내 두꺼비집을 부수는 거야."

경이가 울 것 같아 남준은 얼른 이유를 말해 주었다.

"넌 왜 두꺼비집을 똑같게만 만드니. 내가 여러 가지 모양으로 다시 만들어줄게."

뾰족한 두꺼비집, 납작한 두꺼비집, 아주 큰 두꺼비집.

"와! 재밌어. 이런 두꺼비 집은 처음이야."

"엄마 이것 좀 보셔요. 엄마, 엄마 남준이가 만든 두꺼비집 좀 보라니까요."

경희는 신기해하며 남준이 만든 두꺼비집을 보여주기 위해 어른들을 불렀다.

"어머나, 남준이가 만든 두꺼비집은 여러 가지 모양이구나. 처음 보는 두꺼비집인데?"

어른들도 신기해했다.

남준은 신이 나서 다양한 두꺼비집을 수도 없이 만들었다. 모래사장은 넓었고 새로운 두꺼비집이 자꾸자꾸 생겨 모래밭에 두꺼비집 마을이 만들어졌다.

"나도 해 볼래."

경희도 마냥 즐거워했다.

남준의 어머니는 정이 많고 낭만적인 분이었다. 봄에는 집 뒷동산에 전등을 달아놓고 온 가족이 밤 벚꽃놀이를 즐길 수 있게 해 주었고, 여름에는 앞뜰에 돗자리를 펴고 가

족을 불러 모아 얼음을 넣은 수박화채를 해 주셨다. 누나들
과 형들, 그리고 사촌들…. 가끔은 경희까지 둘러앉아 재미
있는 이야기를 나누었다. 어머니는 자녀들에게 무엇을 하
라고 강요하지 않았다. 각자 좋아하는 것을 찾아서 할 수
있도록 지원해 주었다. 그래서 남준은 글자를 읽을 수 있게
된 후부터 유치원, 초등학교 시절 이미 세계 각국의 동화는
물론 중·고등학생들이 읽는 고전까지 읽었다. 필요한 책은
다 마련해주어 집안에 언제나 책으로 가득했다.

　남준의 집 뒤뜰엔 작은 동산이 있었는데 경희와 남준은
그림책을 들고 나가서 커다란 나무 그늘에 나란히 앉아 해
질 녘까지 책을 보곤 했다. 그러면 엄마가 부른다.

　"얘들아. 들어와. 밥 먹자."

　밥. 먹. 자.

　그리운 엄마 목소리….

　남준의 집은 대가족이었기 때문에 누군가의 상을 치르느
라 어머니는 대부분 소복 차림이었다. 그런 엄마가 경희네
랑 원정 가는 날은 고운 한복 차림이어서 아직도 한 폭의
그림으로 기억에 남아 있다.

〈태내기(胎內記) 자서전
(1932년 4월 3일, 백남준 마이너스 108일)〉

나는 물었다. 한국은 무엇인가요?

나의 아버지가 말했다.

그건 너의 나라가 될 거야. 나는 물었다. 왜요?

엄마가 말했다. 이유는 없어.

백남준. 큰 나라인가요?

엄마는 아니라고 말했다.

나는 물었다. 선진국인가요?

엄마. 아니, 뒤에 가는 나라란다.

백남준. 난 태어나지 않을래요.

엄마가 말했다. 그렇지만 약한 것이 좋은 것일 수도 있어.

우리는 1943년에 재난을 피하게 될 거야.

나는 물었다. 왜 한국을 선택한 거예요?

- 백남준이 어머니의 자궁 속에서 나눈
'가상의 대화'를 표현해 놓은 글 -

1939
피아노 소리

초등학교에 들어가면서 경희와는 멀어졌다. 남준은 수송 초등학교에 들어갔고 경희는 다른 학교에 다녔다. 그때는 한국이 일본에 나라를 빼앗겼던 시대이다.

"야, 이 똥 대가리야. 너 한번 죽어 봐라."
"놔, 이거 놓으란 말이야."
"놓으라고? 뭘? 왜? 누구 좋아하라고 놔."
하교 시간에 학교 밖 담벼락에서 두 아이가 붙어 싸우고 있다.

큰 놈이 작은 아이를 밀어붙였다. 바닥으로 나뒹굴던 녀석이 일어서려 하자 다시 한 방 먹인다.

"이 고자질 새끼. 잘 못 나온 말 한마디를 일러바쳐?"

그러자 작은 녀석이 땅바닥에 엎드린 채 큰 덩치의 한쪽 발을 냅다 낚아챈다. 이번에는 덩치가 뒤로 벌러덩 넘어진다.

"이 새끼야. 너도 어제 고자질했잖아."

두 아이는 서로 엉겨 붙어서는 한동안 엎치락뒤치락 싸우다가 교문 앞 솜사탕 장수가 뜯어말려 겨우 멈추었다. 둘은 한동안 마주 보고 씩씩거린다.

그 시절엔 학교에서 한국말을 쓰면 혼이 났다. 종례 시간마다 짧은 반성의 시간이 있었다.

그날도 선생님은 종례 시간에 아이들을 돌아보며 물었다.

"오늘 조선말 쓴 사람이 누구지?"

아이들은 서로 고자질하기에 바빴다. 료스케가 손가락질을 하며

"쇼타요." 하고 말했다.

쇼타는 눈알을 부라리며

"쟤도 점심시간에 조선말 했어요."하고 일러바쳤다.

"또 다른 사람은?"

"쟤요"

"쟤도요"

여기저기서 고발이 이어졌다.

"또 없지? 지금 지적된 사람들은 모두 앞으로 나와요."

아이들은 앞으로 나가 줄을 섰다. 남준도 불려 나갔다.

"미타노, 너는 무슨 말을 했지"

"우리 할머니 생신, 생신이라고 말했어요."

"생일은 일본 말로 탄조비, 앞으로 탄조비이라고 말해야 해요. 알았니?"

이렇게 아이들에게서 무심코 튀어나온 말은 이름이거나 간단한 명사, 동사 정도였다. 그런데도 선생님은 '명예 뺏지'를 빼앗아 갔다. 명예 뺏지는 일본 말을 아주 잘 쓰는 모범생에게 주어지는 것으로 '우리는 매일 일본어로 말한다'라는 말이 새겨져 있었다. 이 뺏지는 반에서 3%의 학생에게만 주어졌다.

명예 뺏지를 뺏긴 쇼타가 자신을 고발한 료스케와 방과 후 한바탕 벌인 것이다. 쇼타는 '명예 뺏지'를 가지고 있는 것을 아주 자랑스러워했다. 그걸 빼앗겨 심통이 나 교문 앞에서 료스케를 기다리고 있었다. 남준은 자기를 데리러 오는 승용차를 기다리다가 이들의 싸움을 구경하고 있었다. 그때 차가 도착했다.

"엄마가 좀 늦었네. 자 어서 가자."

엄마는 남준을 차에 태우려 하다 말고 흙투성이가 된 두 아이를 보았다.

"너희 반 아이들 아니냐? 왜 싸웠지?"

싸우게 된 이유를 들은 엄마는 두 아이를 차에 태웠다. 그리고 집으로 데리고 가서 시원한 팥빙수를 만들어주고 놀다 가게 해 주었다.

남준은 초등학교에서도 잘 적응했다.

모두가 어려웠던 시절 남준의 집은 풍요로움이 넘쳤다. 어머니는 자녀들의 친구들 누가 와도 맛있는 것을 얼마든지 내어주고, 재워주었다. 엄마는 돈은 물 쓰듯 쓰는 것이라고 말했다. 집 안에는 큰누나 백희가 개인지도를 받는 피아노도 있었다. 친구들은 그런 걸 처음 보아 신기해했다.

남준도 누나가 피아노 치는 모습은 아주 근사해 보였다. 커다란 나무상자 안에서 멜로디가 만들어져 나온다는 것이 마냥 신기했다. 피아노에서 나오는 소리가 좋았다. 남준도 피아노를 치고 싶었다. 그래서 누나의 교습이 끝나고 나면 피아노에 올라앉아 소리를 내 보았다.

똥똥똥똥

또로로로록

"누나, 나도 피아노 치고 싶어."

"그래 한번 쳐 볼래?"

도레미파솔라시도~ 누나가 음계를 가르쳐 주고 있었다. 그때였다.

"이거 누구야, 남준이가 피아노를 치는구나. 안돼, 사내 녀석은 피아노를 뚱땅거리면 못써."

일을 마치고 돌아오신 아버지는 칭찬이 아니라 꾸지람을 하는 것이었다. 그리고 누나들 앞에서 단호하게 말했다.

"피아노는 여자들이나 치는 거야. 사내는 사업 같은 걸 해야지. 그러니 앞으로 막내는 피아노를 치면 안 된다. 알 겠지?"

이후에도 아버지는 남준이 피아노 치는 것을 허락하지 않았다.

하지만 누나들이 치는 피아노 소리는 언제나 남준의 가슴을 뛰게 했다. 파아노 연주가 시작되면 몰래 숨어 그 소리를 끝날 때까지 듣곤 했다.

1945
소년 시절의 쇤베르크와 마르크스

    남준이 피아노를 본격적으로 배운 것은 경기 공립중학교4에 가서였다. 아버지가 무서워 집에서는 피아노가 있어도 피아노 앞에 앉아 볼 수가 없었다. 누나가 치는 피아노 소리가 좋아 몰래 숨어서 듣고, 흙 마당에 피아노 건반을 그려놓고 소리를 생각하며 쳐 보곤 했다. 그 모습을 지켜본 누나는 몹시 안쓰러워했다.

    "남준아, 너 정말 피아노가 치고 싶니?"

    "응."

    "그렇구나. 그럼 누나가 피아노를 칠 수 있게 도와줄까?"

    "아버지한테 혼날 텐데."

    "집에서 치는 것이 아니라 학교에서 칠 수 있게 해 줄게. 그 대신 아버지한테 혼나지 않게 공부는 열심히 해야 한다."

---

4 경기 공립중학교 : 5년제로 중고등학교 과정. 현재의 경기고등학교.

"정말? 공부 열심히 하면 피아노를 칠 수 있어?"

누나는 아버지에게 남준이 피아노 배우는 것을 허락받아 주었다. 아버지는 취미로만 해야 한다는 조건으로 허락해 주었다. 큰누나는 남준보다 15살이 많았다. 누나의 말에 의하면 남준의 학교 음악 선생님이 누나와 동창이라고 하였다. 누나는 남준을 데리고 친구를 찾아갔다. 그래서 남준은 일본 유학을 다녀온 피아니스트 신재덕 선생에게 피아노를 배우게 되었다. 간절히 했던 만큼 열심히 했다.

"남준이가 음악에 소질이 있네. 올 때마다 달라지고 있어."

선생님도 가르쳐 주는 대로 소화하는 것을 보고 즐거워했다.

"남준아 너는 연주에만 소질이 있는 것이 아니라 음악 전체에 재능이 있는 것 같구나. 노래도 한번 불러 볼래?"

"네, 좋아요."

남준은 선생님 앞에서 노래를 불렀다.

'뜸북뜸북 뜸부기 논에서 울고~~~'

"어유, 남준이 천재네, 노래를 아주 잘하는구나. 음색도 좋고 무엇보다 박자를 잘 맞추는구나. 같은 박자로 노래를 하는데도 네 노래는 훨씬 고급스럽게 들린단 말이야."

선생님은 피아노는 물론 작곡과 성악까지 지도해 주었다.

그렇게 한 학기가 지나가고 새 학기가 되어 학교 나무에 단풍이 들기 시작했다.

선생님의 부름으로 누나가 학교에 찾아왔다.

"희야, 네 동생 남준이 말이야. 음악적 재능이 보통 아이와는 달라. 그래서 말인데 나보다 더 훌륭한 이건우 선생한테 맡겨 보면 어떨까?"

"우리 막내 재능이 그 정도니? 남준인 취미로만 해야 하는데…."

"취미가 될지, 뭐가 될지는 앞으로 볼 일이고, 재능이 충분한 아이인데 시켜봐야 하지 않겠어?"

"이건우 선생님께서 맡아 주실까?"

"그건 나에게 맡겨."

남준은 이건우 선생님의 지도를 받게 되었다. 피아노는 물론 본격 창작 수업인 작곡 공부를 하게 된 것이다. 작곡은 이 세상에 없는 음악을 처음으로 탄생시키는 일이었다. 새로운 것을 만드는 일은 언제나 남준을 들뜨게 했다. 머릿속에 있는 생각을 오선지에 그리고 그것이 피아노를 통해 흘러나왔을 때의 기쁨, 창작의 기쁨을 그때 알게 되었다. 이건우 선생님을 통해 김순남 선생님도 만날 수 있었다. 두 분 모두 남준의 재능을 높이 사 다양한 음악 세계를 안내해 주었다. 작곡가 이건우 선생님과 공부한 지도 어느덧 1년이 지나가고 있었다. 어느 날 선생님은 남준에게 아주 특별한 음악을 들려주었다.

"남준아, 지금까지 작곡한 것을 한번 연주해 보아라."

남준은 피아노에 앉아 이제 막 작곡을 끝낸 곡을 연주했다.

"참 좋구나. 자, 그럼 이제 새로운 음악을 들려줄 테니 한 번 들어 보겠니?"

선생님은 레코드판을 돌려 낯선 음악 한 곡을 들려주었다. 그 음악은 베토벤과 바흐, 모차르트와는 상당히 달랐다.

"어떻니?"

"모르겠어요."

"잘 들어 봐. 뭐가 다른지."

남준은 가슴이 뛰기 시작했다. 뭔가 분명히 다르기는 달랐다. 선생님 질문에 정확한 답을 해야 한다는 부담감이 생겼다. 뭔가 분명히 다르다. 그걸 어떻게 설명해야 하지?

"선생님 이것도 음악이에요? 듣기 싫은 소리가 있어요. 쇠붙이 긁어대는 소리? 뭔가 깨지는 소리, 유리 으스러지는 소리?"

"잘 들었구나. 그런데 느낌은 어땠지?"

"……"

남준은 말로 표현할 수가 없어 가만히 있었다.

"이 곡의 특징은 화음과 불협화음의 구별을 없애 버린 게 특징이지. 쇤베르크는 주요 음의 개념을 무시해 버리고 3화음도 적용하지 않았단다."

"음악의 중요한 요소를 무시해도 되나요?"

"글쎄…. 그건 네가 생각해 보아라. 지금까지 정통음악을 공부했으니 너는 이제 새로운 음악이 어떤 것인지 생각해 볼 때가 되었다. 쇤베르크가 바로 그런 사람이야. 정해진 것만 따라 하면 이 세상에 새로운 음악이 나올 수 있겠니?"

남준의 가슴은 이미 뛰고 있었다.

'그래, 새로운 것. 이미 있는 것들은 누구나 할 수 있는 거잖아?'

쇤베르크가 참 멋진 음악가라는 생각을 했다. 그날부터 쇤베르크 공부에 돌입했다. 닥치는 대로 자료를 모았다. 공부하면 할수록 쇤베르크처럼 멋진 음악가는 없다는 생각이

들었다. 지금까지는 주어진 기본에서 좀 더 수준 높은 음악을 작곡하고, 표현할 수 있는가. 즉, 같은 베토벤의 곡을 치더라도 누가 더 아름답게, 듣기에 좋게 치는가 하는 것이 중요하다고 생각했다.

'규칙을 깨부수다니…. 그래서 가장 먼저 가장 새로운 것을 만들어 낼 수 있는 것이라니…. 이제부터는 쇤베르크가 나의 스승이다.'

쇤베르크는 도레미파솔라시도 7음계의 전통 방법을 깨뜨리고 '12음 법'을 도입하여 현대음악의 아버지로 불리게 된 인물이다. 쇤베르크 음악의 특징은 조화로운 화음 대신 소음에 가까운 불협화음을 사용하여 연주를 듣던 관중들이 난동을 부릴 정도로 난해한 음악을 시도했다고 한다. 얼마나 신선했던지…. 남준은 '나도 쇤베르크처럼 되어야지.' 하는 생각을 했다.

전쟁으로 다시 만날 수 없게 되었었지만, 이건우 선생님은 남준이 음악가가 되겠다는 결심을 할 수 있게 쇤베르크를 알려준 분이었다. 박건우 선생님은 1950년 남북 전쟁 때 북쪽으로 가 1998년 생을 마감했다. 김순남 선생님도 북으로 갔다는 소식을 들었다.

남준은 이 시절 마르크스에 대해서도 알게 되었다. 지금으로 보면 앳된 소년의 시기였는데도 경기중학교 학생들 사이에서는 〈마르크스〉가 유행이었다. 남준도 마르크스에게 빠져 있었다. 하지만 그때까지는 예술가가 되려는 생각은 없었다. 피아노 치고 작곡도 했지만, 사업가가 되라는 아버지의 말, 취미로 하라는 누나의 말, 앞으로 뭐가 될지 어떻게 아느냐, 그러니 기회가 될 때 무엇이든 배우고 알아 두어야 한다는 신재덕 선생님의 말씀 중에 선생님의 말씀이 가장 맞는 말이라고 생각하며 자신의 미래는 천천히 스스로 만들어질 것이라는 믿음을 갖고 있었다.

아무튼 그 시기 몇몇 친구들은 모이기만 하면 무언가로 열띤 토론을 벌이고 있었다.

"마르크스에 대해 읽어 보았니?"

"당연….'"

"멋지지 않아?"

"멋진 게 아니라 위대하지."

남준은 궁금해졌다.

"마르크스가 왜 그렇게 위대하지?"

"뭐? 넌 아직 마르크스가 누구인지도 모르니? 그럼 공부하고 와. 처음부터 모두 다 설명해 줄 수는 없으니까."

그래서 마르크스에 대하여 알아보기 시작했다. 먼저 형에게 물어보았고, 선생님들에게 물어보았다. 마르크스는 모든 사람이 다 평등하게 살 권리가 있다고 말한 인물이었다. 관심이 갔다. 노동의 가치가 중요하고, 노동이 곧 생산하는 일이며, 뭔가를 만들어내는, 즉, 생산하는 계층이 가장 중요하다고 말한 인물이었다. 따라서 노동자가 우대받아야 한다고 했다. '당연한 것 아닌가? 생산하는 일, 뭔가를 만들어내는 일, 새로운 걸 창작하는 일이 가장 중요한 일이지.' 남준의 생각에도 마르크스는 멋진 사람이었다.

중학교 시절 남준은 아버지에게 혼나지 않을 만큼 공부하고, 누나의 후원으로 시작한 즐거운 음악을 하고, 그리고 또 하나 다락방에서 희덕이 누나가 보던 잡지를 발견하여 푹 빠져 있었다. 잡지에는 먼 나라 서양의 낯선 세상 이야기가 가득했다. 남준은 그 잡지들을 통해 새로운 세계를 알게 되었다. 새로운 것은 무엇이든 좋았다. 잡지를 통해 보는 서양은 우리나라와는 너무 달랐다.
잡지에 의하면 미국은 한겨울에도 난방온도를 높게 높여 맨해튼의 모델들은 거의 속옷 차림으로 지낸다고 나와 있었다. 그녀들은 신의 경지에 달하는 각선미를 드러내려고 팬티를 입지 않는다는 내용도 읽었다. 또 그녀들은 모피코트에 비단 치마만 입고 리무진에 미끄러지듯이 올라타고 가다가 목적지에 이르러서는 현관 바로 앞에서 차 문을 열고 내려 안으로 들어간다고 했다.

세상에! 속옷을 입지 않은 그 많은 미녀라…. 사춘기에 막 접어든 소년에게 그 이야기는 공휴일에 종일 다락방에 웅크리고 있게 만드는데 충분한 이유가 되었다. 미국을 비난하는 이 선전 문구가 오히려 뉴욕에 가고 싶다는 욕구를 불러일으켰다. 그때부터 남준은 미국에, 그것도 뉴욕에 언젠가는 반드시 가 보리라 결심했다.

1949
홍콩 유학과 6.25

"남준아, 일주일 후에 홍콩으로 출장을 가게 되었다. 이번엔 너를 데리고 가려고 한다."

"네? 저를요?"

아버지와 남준은 그리 가까운 사이는 아니었다. 특별한 감정이 있어서가 아니라 아버지는 늘 사업에 바빴고 딸인 누나들과는 다르게 아들들에게는 엄한 편이었다. 게다가 남준에게는 피아노를 치지 못하게 하여 더 그런 것 같다. 사춘기에 접어든 남준은 아버지와의 여행이 썩 내키지 않았다. 아버지는 그걸 눈치챘다. 그래서 핑계 대지 못할 구실을 만들었다.

"너, 영어를 잘한다고 하지 않았니? 배운 것 실습도 할 겸 이번 출장에서 아버지 통역을 맡아다오."

남준은 꼼짝없이 아버지를 따라가게 되었다.

"사내는 넓은 세상도 경험해야지 이번에 외국에도 나가 보고 세계 여러 나라 사람도 만나 보아라. 그리고 아버지 하는 일도 좀 잘 봐두고."

남준은 아버지를 따라가는 수밖에 없었다. 그때는 아버지가 왜 형들은 놔두고 자가를 데리고 간 것일까? 하는 불만도 있었지만, 음악에만 빠져 있는 관심을 돌려 보려고 했었다는 걸 후에 알게 되었다. 당시 남준은 17세였고 여권 번호는 7호 아버지가 6호였다. 한국전쟁 6, 25가 발발하기 1년 전이다.

아버지는 인도의 한 상인을 만났다. 그리고 남준에게 통역을 하라고 시켰다. 하라고 하니 꼼짝없이 하기는 했지만 그건 신통치 않은 통역이었다. 사실 아버지는 스스로 상대의 말을 다 알아들을 수 있었다.

아무튼 그때 사업은 자신에게 맞지 않는다는 걸 알게 되었다. 이다음에 무엇이 될 것인가는 하는 것에 대해서는 아직 잘 모르는 때였지만 홍콩 여행은 아버지를 이어 사업을 하지는 않을 것이라는 생각을 하게 된 계기가 되는 것에는 충분했다. 왜냐하면 그때 아버지가 인삼거래를 하는 짐 속에서 무기가 들어있는 상자를 보았기 때문이다. 아버지는 큰 사업가로서 해방 후 서로 다른 이념으로 갈등하던 정세에서 남한 정부의 요청을 들어주었던 것이었다. 아무튼 어린 학생의 눈에 사업가는 겉으로 드러나는 일 이면에 다른 모습도 있다는 것을 알게 되었고 그런 일은 자신에게 맞지 않는다고 생각하게 되었다.

아무튼 마르크스를 읽던 남준은 자연히 아버지와 멀어졌다. 아버지를 따라다니는 일이 흥미롭지도 않은 일이어서 빨리 한국으로 돌아가고 싶었다. 그런데 아버지는 마치 속마음을 꿰뚫어 본 것처럼 뜻밖의 선언을 하는 것이었다.

"일이 끝났으니 나는 이제 집으로 돌아갈 것이다. 하지만 너는 홍콩에 남아 있거라."

"네? 저 혼자서요?"

"그래 다 큰 녀석이 아버지가 먹고살 수 있도록 마련해 줄 것인데 뭐가 두려워. 넌 여기 남아서 국제적인 학교에서 여러 나라 학생과 함께 공부를 더 할 거야. 이미 등록을 마쳤으니 이 주소로 찾아가기만 하면 돼."

거역할 수 없었다. 아버지의 속셈을 이제야 알았다. 한국에 돌아가 음악 공부를 계속하는 것을 막기 위해서였을 것이다. 남준은 하는 수 없이 홍콩에 남아 본의가 아닌 타의에 의해 조기 유학이라는 걸 하게 되었다. 다음날 아버지의 지시대로 찾아간 학교는 영국계 고등학교 '로이든 스쿨'이었다.

정말 음악은 다시 못하는 걸까? 앞으로도 죽, 아버지가 계획한 길을 걷다가 형들처럼 아버지 사업을 이어받아야 하는 걸까? 타국 땅에 혼자 남아 여러 가지 생각을 했다. 그러다가 혼자 할 수 있는 일을 찾아 학교 도서관에 갔다. 이것저것 책을 훑어보던 중 한 때 관심이 많았던 마르크스를 발견했다. 혼자인 시간 더 깊이 책에 빠져들어 더욱 심취하게 되었다. 마르크스는 정말 존경할 만한 인물이었다. 알고 보니 마르크스는 자신만의 새로운 생각으로 세상을 새롭게 바꾼 사람이었다. 남준은 새로운 생각, 새로운 일, 새로운 작업, 누구도 할 수 없는 자신만의 생각으로 세상엔 없던 것을 만들어내는 것을 가장 좋아한다. 그런데 마르크스가 바로 그런 인물이었다. 자기 생각으로, 세상을 확, 바꾸어 버린…. 친구들이 왜 그렇게 마르크스를 좋아하는지 알게 되었다. 남준은 새로운 학교에서 여러 나라에서 온 친구들과 새로움에 대하여 대화를 나누어 보고 싶었다.

도서관의 토론장으로 갔다.

"나는 한국에서 왔어. 이름은 백남준이야. 너희들 마르크스가 세상을 바꾼 이야기에 대해 어떻게 생각해?"

다양한 문제에 관해 이야기를 나누었다. 친구가 생기고, 새로운 곳에서 새롭게 적응해 갔다. 이때 남준은 홍콩의 친구들과 할리우드 영화 '금발의 빨간 립스틱'을 처음 보았다.

남준에게 당시 마르크스는 새로운 영웅이었고 사회주의

에 대해 매력을 느끼게 하였다. 그런 마르크스에 대한 환상은 6·25 때 북한군들이 집에 들어와서 키우던 개를 모조리 잡아먹고 가 버린 뒤 깨져 버렸다.

홍콩에서 지낸 1년 뒤 누나가 결혼하여 예쁜 아기를 낳았다는 소식이 날아왔다. 남준은 부모님의 허락을 받고 조카를 보기 위해 서울로 왔다. 오랜만에 가족을 만나니 무척 반가웠다. 어머니, 누나, 그리고 집안에 처음으로 새로 태어난 귀여운 아기….

그런데 그만 6.25가 터져버린 것이다. 갑자기 발이 묶여 홍콩으로 돌아갈 수가 없었다. 북한군이 밀려온다는 소식에 아버지는 서둘러 가족들을 모두 부산으로 피신시켰다.

"어서 짐을 싸자. 각자 중요한 것만 챙겨라 어서."

남준은 남기로 했다.

"아버지 저는 서울에 남아서 집을 지킬게요."

"아니, 뭐라고? 혼자 남겠다고? 공산당이 쳐들어온다는데도? 전쟁이란 말이다. 전쟁."

"네, 알아요. 하지만 나는 학생이고, 북한군한테 잘못한 일도 없는데 위험할 일이 뭐가 있겠어요?"

남준은 한사코 부산행을 마다했다.

"고집은…."

남준은 서울집에 혼자 남았다. 북한은 사회주의라고 들었다. 그렇다면 위험할 게 없다고 생각했다. 그리고 북한군이 반드시 가기 집에 들어온다는 보장도 없지 않은가. 그런데 그들이 왔다. 서울에서 가장 큰 집을 그냥 지나칠 리가 없었다. 그들은 남준에게 이것저것 내놓으라고 요구했다. 남준은 시키는 대로 했다. 그 외에도 스스로 해 줄 수 있는 것은 다 해 주었다. 북한군은 챙길 수 있는 것은 모두 챙기고 집을 나갈 때는 집에서 키우던 개 세 마리마저 잡아 먹어버렸다. 서울에 혼자 남겠다고 한 것이 후회되었다. 급기야 그들은 홀로 남아 있는 남준이 가족들이 돌아올 때까지 먹어야 할 양식까지 한 톨도 남기지 않고 쓸어가 버렸다.

'이것이 사회주의인가? 사회주의도 현실에선 다를 게 없구나.'

남준은 하는 수 없이 뒤늦게 부산으로 가 가족들과 합류했다. 한참 프랑스어 공부에 빠져 있던 터라 간단한 짐꾸러미에 프랑스어 사전을 넣고 길을 떠났다.

이야기를 들은 가족들은 걱정했고 한편 안도했다.

"네가 무사 한 것만으로도 하늘에 감사할 일이다. 천만다행이야."

이렇게 남준의 마르크스주의 환상은 깨져버렸다. 이데올로기와 현실은 늘 어긋난다는 것을 덕분에 일찍 알게 되었다.

그날 엄마는 어디서 구했는지 혼자 어려운 일을 겪은 아들을 위해 노란 과일을 내주었다. 후에 알고 보니 그건 열대과일인 파인애플이었다. 전쟁 당시 한국에선 구할 수 없는…. 며칠을 굶었던 터라 그렇게 맛있는 과일은 태어나 처음이었다. 전쟁 상황에 이런 걸 먹으면 사회주의에선 비판받는다.

후에 남준은 서양에서 가장 힘들었던 건 유력한 이론가들이 모두 좌파 지식인이라는 사실이었다고 했다. 그들은 이념이 다른 사람을 동지로 생각하지 않았다. 그런데도 마르크스는 지식인들에게 언제나 영웅이었다. 그들이 남준의 예술을 반기성적, 반제도권적, 반미학적, 전복 등의 이유를 들어 마르크스주의자 대열에 위치시킬 때 남준은 긍정도 부정도 하지 않은 채 침묵만 지켰다. 그것은 매우 어려운 일이었다.

아버지는 남준을 국제적 사업가로 키우고 싶어 했지만, 남준은 끝내 따르지 않았고 형과 누나들은 사업을 이어받

앞다. 형 백남일은 후에 큰 사업가가 된다. 누나는 화랑을
경영했다. 남준은 돈에는 관심이 없어 스스로 큰돈을 벌기
도 했지만, 돈을 벌면 모두 다음 프로젝트에 쏟아부어 남김
없이 써버리곤 했다.

1952
동경대학

  남준의 가족은 전쟁을 피해 부산에서 모두 일본으로 건
너갔다. 배를 타고 건너가 처음 도착한 곳은 고베였다. 할
아버지가 조선 말 거상이었던 만큼 일본과도 거래가 있었
던 터라 일본에 사업처와 집까지 마련되어 있었다. 이 모든
일을 예견했었던 것인지 아버지는 남준이 홍콩에 머물러
있을 때 자신의 회사 주재원으로 남준의 비자까지 미리 받
아 두었다. 그 덕에 남준은 일본에서 동경으로 가 어려움
없이 동경대학에 진학할 수 있었다.

  아버지는 가업을 잇기를 원했지만, 전쟁 중에 엉겁결에
일본으로 건너가게 되자 관심이 덜 했다. 이를 기회로 남준
은 도쿄대학 미학과에 진학했다. 부모님께는 동경대 상대
를 진학했다고 얼버무렸지만, 축하 합격 통지가 집으로 날
아들어 집안이 발칵 뒤집혔다. 이때부터 남준은 아버지와
의 관계가 좀 더 확실히 정리되었다고 생각한다. 아버지와
는 다른 길을 걷게 되었고 아버지도 포기하였다. 따라서 경

제적 후원이 끊겨 어려워졌지만, 워낙 돈에 관한 관심이 없는 터라 신경 쓰지 않았다. 아버지와의 대화는 일생을 합쳐 1시간도 안 될 것이다.

동경대학 진학 당시 중학교 시절 수학과 문리에 탁월하여 상대도 무난히 합격할 수 있는 성적이었으나 남준은 미학과를 선택했다. 본격 예술을 해 볼 계획이었다. 하지만 미학과란 미대도 아니고 음대도 아니다. 그러니 피아노를 치거나, 그림을 그리거나, 작곡하는 공부를 하지 않는다. 그런데도 예술을 하기 위해 미학을 선택한 것은 예술, 그보다 깊은 무언가를 공부할 수 있을 것으로 생각했기 때문이었다. 미학은 미에 해당하는 가장 깊이 있고 높은 차원을 다루면서 예술의 이상인 즐거움, 행복에 이르는 방향을 잡아주는 학문이라고 생각했기 때문이다. 그때의 생각이 옳았는지는 모르지만, 남준은 연주, 작곡, 공연, 그림, 작업, 그리고 비디오 아트의 중요한 쇼에 이를 수 있었다. 따라서 남준은 그때의 선택이 옳았다고 여기고 있다.

남준은 대학 시절 아인슈타인을 존경했다. 그래서 아인슈타인의 조각상도 만들었다. 그리고 대학에서는 주로 철학 서적을 읽었다. 당시 한국 유학생은 드물었고 유일한 음악 전공자 선배 이현웅을 알고 지냈는데 보통 사람의 유학 생활이 다 그렇듯 그도 늘 생활비로 어려움을 겪었다. 그래서 형편이 나은 남준은 몇 차례 그의 생활비를 지원하기도 했다.

하루는 강당에서 피아노를 치고 있는데 누군가가 찾아왔다. 노무라 요시오라는 음대 교수였다.

"학생이 한국에서 온 백남준인가?"

"네, 그렇습니다."

"미학을 공부한다지? 공붓벌레로 소문이 났던데 '드뷔시'에 관한 논문 잘 읽었네."

"아직 많이 부족합니다."

"피아노도 아주 잘 치는군. 방금 친 곡이 쇤베르크인가?"

"네, 맞습니다. 중학교 때부터 쇤베르크를 좋아했습니다."

"중학생이 쇤베르크를 좋아했다고? 쇤베르크의 어떤 점이 좋았나?"

"기존의 전통 음악에 만족하지 않고 새로운 것을 만들어 내려는 시도가 마음에 들었습니다."

"단순히 전통 음악의 반항으로만 생각하는가?"

"아닙니다. 그런 거였다면 그의 음악은 벌써 사라졌을 것

입니다. 나도 쇤베르크처럼 자유롭고 새로운 예술을 하고
싶습니다."

이후 남준은 노무라 요시오 교수와 가까운 사이가 되었
다.

그리고 1956년에 쇤베르크에 대한 논문으로 학사학위를
받았다. 동경대학 시절 도움을 받은 교수는 미학 교수 타케
우치 토시오, 음악 교수 노무라 요시오, 작곡 교수 모로이
사부로이다. 이중 노무라 요시오 교수는 기독교인이며 한
국의 독립을 지원한 평화주의자이다.

졸업 후 남준은 본격 음악을 하기 위해 현대음악의 메카
로 알려진 독일로 가기로 결심했다. 당시 현대음악은 독일
이 가장 앞서 나가고 있었기 때문이었다.

1954
뮌헨대학과 독일 활동

　남준은 동경대학 졸업 후 독일로 가 뮌헨대학의 석사 과정에 응시하여 합격했다. 이어 독일 뮌헨대학교 대학원에서 철학 및 음악학 석사 학위를 받았다. 음악을 하기 위해서는 전통 음악의 기본을 잘 알아두는 것도 중요하다고 생각하였지만, 썩 재미있지는 않았다. 공부하면 할수록 따분해지는 것이었다.

　'언제까지 베토벤, 모차르트만 다룰 것인가!'

　뮌헨대학에서 음악사를 공부한 남준은 1956년 진정한 작곡을 공부할 수 있는 곳이 프라이부르크라고 하여 새로운 도전을 해 보기로 하였다. 이번에도 아버지 몰래 등록을 마쳤다. 그곳에선 작곡을 중심으로 공부한다. 하루는 지도교수 포르트너 교수가 남준을 불렀다.

　"자네는 전통 작곡보다는 쇤베르크와 같은 전위적인 부분에 더 관심이 있어 보이네. 존 케이지 소음에 관한 해석도 그렇고 말이야. 그래서 말인데 자네가 하고 싶은 공부를 아주 잘할 수 있는 곳이 있네. 추천해 줄 테니 가 볼 텐가?"

교수는 남준에게 쾰른 방송국을 추천했다. 진보적 예술가들이 모여 있다는 그곳을 마다할 이유가 없었다.

"교수님 감사합니다. 가서 열심히 해 보겠습니다."

그곳엔 가장 앞서나가는 예술가들, 즉 전위예술가들이 모두 모여 있었다. 그곳에서 진정한 동료들을 만날 수 있었다. 칼 하인츠, 스톡 하우젠, 마우리치오 카겔, 코프리드 퀘히니, 코넬리우스 카듀 등의 전위예술가들이다.

어느 날 다름슈타트라는 도시에서 매년 열리는 신음악 페스티벌이 열렸는데 남준도 초청장을 받게 되었다. 새 친구들과 찾아간 그곳에서 남준은 신천지를 발견했다. 친구들과 몰려간 곳에 공연을 보기 위한 줄이 끝이 보이지 않았다.

"무슨 줄이 이렇게 길어. 굉장한걸?"

남준은 시골구석에서 열리는 공연에 사람이 많은 것에 적잖이 놀랐다.

"유명한 존 케이지 공연이야."

"뭐라고? 존 케이지?"

그렇게 만나 보고 싶었던 존 케이지 공연이라니….

공연이 시작되었다. 존 케이지가 피아노 앞에 앉았다. 유명하다는 존 케이지의 공연은 무엇이 다를까? 긴장되었다. 그런데 피아노 앞에 앉아 있는 존 케이지는 타이머를 맞추어 피아노 위에 올려놓고 건반을 쓱~ 한 번 훑어 '끼익-' 소리를 내고는 조용히 앉아 있다.

시간이 흐른다.

'왜 연주를 안 하지?'

'쉿 조용히 해요.'

'웅성웅성'

'째깍째깍'

'탁'

'소곤소곤….'

그러다가 정확히 '4분 33초'를 가리키자 자리에서 벌떡 일어나 관중을 향하여 말하는 것이었다.

"여러분 잘 감상하셨나요? 공연 〈4분 33초〉는 피아노 연주 소리 말고 진짜 소리, 여러분이 들은 모든 소리를 연주하는 것이었습니다. 제 연주는 끝났습니다."

하고 나가 버리는 것이었다. 남준은 망치로 한 대 제대로 맞은 것 같았다.

'나는 왜 그것을 몰랐을까? 악기가 내는 소리뿐만 아니라

세상의 모든 소리가 음악이 될 수 있는 것을….'

남준은 처음 존 케이지가 연 세미나에 가서는 큰 흥미를 느끼지 못했었다. 오히려 미국 출신의 참선가라는 그가 동양 철학인 '참선'을 제대로 이해할 수 있겠는가 깔보는 마음도 있었다. 하지만 공연 관람 이후 지루하기 짝이 없는 음악, 장난 같은 퍼포먼스 그런 케이지의 음악에서 '마치 모래를 씹는 것 같다.'라는 느낌을 받았다. 이건 존 케이지에 실망을 말하는 것이 아니다. 존경심을 표현하는 것이다. 온몸에 소름이 쫙 돋는 것처럼 전율이 일었다. 남준은 삼라만상의 모든 소음이 음악이 될 수 있다는 존 케이지의 말에 매료되었다. 이후 남준은 자신이 해야 할 일을 확실히 알게 되었다. 그래서 남준은 '존 케이지는 나의 '음악의 아버지, 스승'이다.'라고 생각하였고 어디서나 그렇게 주장했다.

남준은 이후 밤낮없이 소음을 모집하고 연구하였는데 어느 날 하숙집 아주머니가 쫓아와 소리를 질러댔다.

"미스터 백, 당신을 당장 정신병동에 처넣어 버리겠어."

이후 남준은 미치광이 예술가가 되었다.

죽어 자신의 생애를 돌아보고 있는 남준 영혼은 이런 생각을 한다.

'만약 6·25전쟁이 일어나지 않았다면 나는 서울대학교 음대에 들어갔겠지. 존 케이지를 만날 수 없었을 테고 플럭서스 활동을 하지 않았을 테고…. 그래서 떠돌이 생활을 시작하지 않았다면 어쩌면 어느 대학의 음대 교수가 되어 평생 젊잖게 그레고리오 성가나 가르치고 있었을지도 몰라.'

1960
플럭서스 활동

1960년대 남준은 플럭서스 활동에 푹 빠져 있었다. 존 케이지의 공연에서 망치로 맞은 것 같은 충격을 받은 뒤였다. 함께한 멤버로는 그의 예술의 정신적 지주 존 케이지, 그리고 평생 동료 조셉 보이스와 샬롯 무어만 그리고 앨런 카드로, 조지 브레히트, 러몬트 영, 벤저민 패터슨, 트리샤 브라운, 오노 요코, 벤 보티에, 앨라슨 노울즈, 토마스 슈미트, 볼프 포스텔, 조나스 베카스 등이다.

플럭서스는 라틴어로 '흐름'이라는 말로 미국의 조지 마키우나스 라는 건축가가 발행한 잡지 〈플럭서스〉의 이름이 그대로 차용된 것이다. 1962년 창설 이후 '플럭서스 그룹', '플럭서스 예술가', '플럭서스 운동' 등으로 불린 유명한 활동이다. 플럭서스 예술가들의 목적은 예술의 반 고급화. 반 예술, 권위 있는 예술 작품에 대한 조롱 등으로 예술의 상업화를 거부하는 것이었다. 예술 작품이 고액으로 팔리는 것을 반대하고 그렇게 팔릴 수 있는 물질적인 것을 남기지 않으려는 시도였다.

　이런 예로 역사 속 플럭서스 활동가들의 선배로 볼 수 있는 사람은 마르셀 뒤샹이다. 뒤샹이 한 전시회에 당시 중요한 장르였던 추상 미술을 조롱하기 위하여 〈샘〉이라는 작품으로 변기통을 갖다 놓았으니 말이다. 하지만 결과는 역설적으로 이들의 작품은 수백 달러로 거래되고 있다. 남준의 작품도 마찬가지이다.

　플럭서스의 철학은 '재미있을 것', '유치할 것', '솔직할 것'을 중요하게 다룬다. 플럭서스 창시자 조지 마키우나스는 '고급 예술이 지나치게 많다. 그래서 우리는 플럭서스를 한다.'라고 말했다. 반 고급 예술을 추구한다는 의미이다. 하지만 사람들은 이전에 있었던 다다이즘을 미치광이들로 불렀고, 플럭서스 운동가들을 건달패들이라고 불렀다. 이두 사조 모두 당시에는 '예술인가? 광적 행동인가?'하고 무시했지만, 후에는 중요한 예술 사조로 인정되어 지금도 이어지고 있다.

　플럭서스에 대한 이해를 위하여 조지 마키우나스는 프랑스 플럭서스 작가에게 이런 편지를 보냈다.

'그대의 에고5를 가능한 억제 하고 제거하라. 작품에 사인하지 말라. 아무것도 그대의 탓으로 돌리지 말라. 탈 개성화하라. 그대를 탈 유럽화하라.'

이렇게 플럭서스는 무정부주의고, 탈 자본주의적이다. 플럭서스 활동가 중에 새로운 장르를 개척한 중요한 인물로는 해프닝 선구자 앨런 카프로, 개념 미술, 행동주의 예술가 조셉 보이스, 그리고 비디오 아트 창시자로 백남준을 최고의 작가로 꼽는다.

대표 활동 하나를 소개한다. 〈하수구 찬가〉이다. 이 공연은 리투아니아 대통령 비티우타스 란츠베르기스가 플럭서스 예술가들에게 아이디어를 준 퍼포먼스였다. 예술가가 무대에 올라가 가방에서 이가 득시글거리는 쥐 몇 마리를 꺼내 관객을 향해 던진다. 그리고는
'자, 이제 쥐새끼들과 관객이 할 일이 생겼군'
하고 말하는 것이다.

---

5 에고(ego) : 자아, 이성 등으로 대상의 세계와 구별된 인식, 행위의 주체.

이 공연에서 쥐새끼들은 부패정치인이고 관객은 국민이다. 플럭서스 출신 중에는 대통령이 된 사람이 두 명이나 있다. 그중 한 명은 리투아니아 초대 대통령 비티우타스 란츠베르기스이고 다음은 체코의 바츨라프 하벨 대통령이다.

남준이 창작한 플럭서스 활동 중 가장 유명한 작품은 〈피아노 포르테를 위한 습작〉이다. 1959년 '존 케이지에게 보내는 경의'에서 공연을 했는데 이것은 존 케이지의 〈4분 33초〉라는 공연을 보고 충격적 감동을 받아 그 답례로 진행한 퍼포먼스이다. 남준은 음악적 콜라주6로 공연이 무를 익을 무렵 준비해 두었던 도끼로 피아노를 부숴 버렸다. 존 케이지도 초청되어 맨 앞자리에 앉아 있었다. 그도 예상치 못한 상황에 깜짝 놀랐다. 당연히 관중들은 충격의 회오리에 휘말려 있었다. 존 케이지는 연주를 곧 시작할 것처럼 피아노 앞에 앉아 있다가 4분 33초 만에 공연을 끝내버려 관중들을 놀라게 했지만, 남준은 그보다 더 세게, 원조보다

---

6 콜라주(Collage): '풀칠', '바르기' 따위의 의미였으나, 넓은 의미로 미술에서 화면에 인쇄물, 천, 쇠붙이, 나무 조각, 모래, 나뭇잎 등 여러 가지를 붙여서 구성하는 회화 기법. 음악적 콜라주는 한편의 음악으로 이루어지는 것이 아니라 여러 가지 음악적 효과들을 모아 붙이듯 연출하는 기법을 의미.

더 나아간 공연으로 모두를 놀라게 했으니 공연은 의도를 달성한 것이었고, 그날의 플럭서스 공연은 성공한 셈이었다. 당연히 반응은 좋았다.

하나 더 소개할까? 이후 남준은 진정한 스승으로 모시는 존 케이지를 참여시키는 퍼포먼스를 해야겠다고 생각했다. 공연 타이틀은 〈존 케이지에게 보내는 경의〉였다. 남준의 공연이 처음인 사람은 수준 높은 피아노 연주를 기대하고 왔을 것이고 이전의 아방가르드7적 공연을 알고 오는 관람객은 '백남준은 또 어떤 공연을 할까?' 궁금해하며 왔을 것이다. 물론 무대는 근사한 클레식 연주가 이루어질 것처럼 꾸며 놓았다. 남준도 근사한 행동과 표정으로 등장했다. 이 공연에서도 남준은 자기 공연에 기대하는 관중들을 위해 깜짝 선물을 해야겠다고 생각했다. 공연이 최고조에 다다랐을 때 준비해 둔 가위를 들고 저돌적으로 관중석으로 내려갔다. 남준은 가장 앞줄에 존경해 마지않는 존 케이지에게 다가가 '싹둑' 그의 넥타이를 잘라 버렸다. 객석에 물을

---

7 아방가르드(Avant-garde): 기성의 예술 관념이나 형식을 부정하고 혁신적 예술을 주장한 예술 운동으로 20세기 초에 유럽에서 일어난 다다이즘, 입체파, 미래파, 초현실주의 따위를 통틀어 이르는 말.

끼얹은 듯 조용했다. 그리고 얼마 가지 않아 박수가 터져 나왔다.

남준은 이 공연을 통해 스승 존 케이지에게 배운 충격, 표현주의, 낭만주의, 클라이맥스, 놀라움, 기타 등등을 모두 보여 준 것이다. 이 외에도 바이올린 끌고 다니기〈끌려 다니는 바이올린〉 바이올린 때려 부수기〈바이올린 솔로〉, 머리로 그림 그리기〈머리의 참선〉 등 많은 행위예술을 시도했다.

남준은 저돌적 예술 활동으로 독일 언론으로부터 '동양에서 온 문화 테러리스트' 별명을 얻었다. 피아노, 바이올린 부수기, 관객 넥타이 자르기, 관객 머리 샴푸 시키기, 객석에 소변보기, 구두에 물 담아 마시기, 소머리를 전시장에 걸어 놓기, 머리에 먹물 묻혀 글쓰기 등의 공연을 거침없이 이어가다가 얻게 된 별명이다. 더 나아가 스스로 '황색 재앙(yellow peril)'이라 부르며 관중들 앞에서 엉덩이를 까는 행위도 서슴지 않았다. 사람들은 이런 행위는 주류를 뒤집어엎기 위한 테러인지, 조롱인지, 자신의 존재를 알리려는 의도인지 혹은 그 모든 것인지는 아무도 모르겠다고 했다.

남준의 영혼은 생각한다.

'글쎄 뭐지? 이미 죽은 영혼인 내가 답을 해야 하나? 그렇다면 이렇게 답해 주겠다. 새로운 것을 찾다 보니, 얽매이지 않는 자유를 찾다 보니, 인생이 심심하여 재미를 찾다 보니 그렇게 된 것이라고….'

남준은 두뇌가 명석하다는 소리를 들었다. 수재만 다닐 수 있다는 경기고에 들어갔고, 동경대학을 우수한 성적으로 합격했다. 등록하러 간 날 등록처 담당자는 남준에게 '너의 성적이면 법대, 상대, 의대 등도 가능한데 왜 돈벌이도 되지 않는 미학과에 등록하려 하는 거지? 다시 생각해 보는 게 어때?' 하고 말했다고 하니까.

남준은 기억력 하나는 둘째가라면 서러웠다. 특히 숫자에 대한 기억력은 주변 사람들이 혀를 내두를 지경이었다. 지인들의 전화번호를 모두 외웠고. 세계사에서도 중요한 역사적 사건의 날짜를 모두 기억할 수 있었다.

어느 날 남준은 한 미술관에 갔다. 14명의 큐레이터가 모두 나와 인사를 했다. 불과 몇 분 걸리지 않는 시간 동안 자기소개를 했는데 일 년쯤 지나 다시 갔을 때 남준은 14명의 이름과 특별히 나눈 이야기를 기억하고 들려주었다.

그때 함께 갔던 미술평론가는 남준을 보고 사람이 아니라고 말했다. 기억력이 좋은 남준은 한국어, 일본어, 독어, 영어, 프랑스어, 중국어를 구사할 수 있다.

주변 사람들은 남준을 독서광이라고 부른다. 남준은 평상시 서너 개의 신문, 여덟 개의 주간지와 네 개의 월간지를 읽었다. 화장실에 들어가서 바지를 내리고 몇 시간씩 읽기도 하고…. 아내는 '그러니 사람들에게 만물박사라는 소리를 들을 수밖에 없다.'라고 말했다. 하지만 기억력이 좋은 남준도 다른 부분에선 엉망이었는데 건망증은 의외로 심각했다. 독서광이 책은 꼭 들고 나가면서 갖고 들어오는 적이 드물었고 금액만 적어 넣으면 얼마든지 현금으로 바꾸어 사용할 수 있는 수표도 여기저기 놓고 다녀 이웃이 주워다 준 적이 한두 번이 아니다. 또 여권도 자주 잃어버려 스스로 물건을 잃지 않는 의상디자인을 스스로 고안하여 입고 다녔다. 셔츠 앞에 커다란 주머니를 달아 물건을 넣고 다닐 수 있게 만든 것이다. 워낙 차림새에는 신경을 안 쓰는 편이었으니 건망증만 해결하면 된다고 생각했다. 이후부터는 이 독특한 디자인의 옷만을 입고 다녀 남준만의 고유 패션이 되었다.

그러다가 한국에서 88올림픽 공연기획 차 이어령 장관

을 만나러 간 날 로비에서 쫓겨난 적이 있다. '물건 분실 방지 특수제작' 의상에 백남준 트레이드 마크인 헐렁한 멜빵바지를 입고 장관 집무실을 찾아갔다가 쫓겨난 것이다. 옥신각신 끝에 겨우 장관을 만날 수 있었지만 그런 곳에는 왜 편한 복장으로 가면 안 되는 걸까? 남준은 그 옷을 신세를 진 적이 있는 일본의 세계적 디자이너에게 선물했다. 이런 편지와 함께….

'나와 시게코를 생각해 줘서 고맙소. 그 답례로 뭐가 좋을까 생각하다가 소생이 디자인한 유일한 셔츠를 보내오. 항공 여행을 위해 특별히 디자인한 것으로 웃옷을 벗을 때도 여권이 절대 없어지지 않도록 커다란 주머니 두 개를 달았소. (....) 조금 더럽지만, 지금은 빨아줄 시간이 없음.'

남준은 비디오 아트에 대해 관심을 가지고 TV라는 기계를 파고든 지 2년 만에 스스로 개발한 기술에 관해 특허를 신청했다.

1963
비디오 예술의 탄생

"브라운관이 캔버스를 대신할 것이다."

남준이 비디오 예술을 세계 최초로 발표하면서 한 말이
다.

1961년 10월 26일부터 11월 6일까지 플럭서스 순회공
연을 마친 후 남준은 새로운 삶을 시작했다. TV 아트에 대
한 연구에 돌입한 것이다. 가지고 있던 돈을 몽땅 털어 TV
13대를 사고 한적한 교외에 자신만의 비밀 연구소 마련했
다. 그리고 온종일 틀어박혀 TV 화면을 변형시키는 연구에
몰두했다. 이곳에 TV 기술자 두 명만을 고용하고 일체 비
밀에 부쳤다. 20세기 기상천외한 새로운 아이디어가 새어
나가면 낭패이기 때문이었다.

마침내 1963년 최초로 TV를 가지고 첫 전시회를 열었
다. 독일의 소도시 부퍼탈에 있는 파르나르 전시장이었다.

전시 타이틀은 〈음악의 전시-전자 텔레비전〉이다. 남준은 이 전시회에서 막 잡은 황소 머리를 전시회장 앞에 걸어 놓았다. 황소 머리에선 피가 뚝뚝 떨어졌다. 관람객은 이 황소 머리를 통과해야 전시장 안으로 들어갈 수 있었다. 피가 뚝뚝 떨어지는 황소 머리를 아슬아슬 피해 나가면 복도를 꽉 채우는 기상 관측용 기구(풍선 같은 것)를 설치해 놓아 사람들은 그 밑을 기어서 갤러리 안으로 들어가야 했다.

전시회장 안에선 남준의 트레이드 마크인 피아노 때려 부수기가 진행될 예정이었다. 남준은 적당한 장소에 피아노를 갖다 놓고 대기실에 도끼를 준비해 놓았다. 전시장이 개관되고 이제 퍼포먼스를 진행할 차례가 되었다. 그런데 예고 없이

'콰쾅'

'우지끈 쫙!'

남준이 부숴버리려던 피아노가 부서져 버렸다. 조셉 보이스가 피아노를 먼저 선수를 쳐 때려 부수어 버린 것이었다. 도끼가 거기 있다는 것을 어떻게 알았는지….

모두가 의아해하는 가운데 보이스가 말했다.

"남준 자네가 바쁠 것 같아서 내가 해치워 버렸어."

훨씬 효과적인 공연이 되었다. 이미 몇 번 피아노를 부순

적 있는 남준이 때려 부쉈다면 예견된 순서를 진행하는 것 이상의 효과를 보지는 못했을 것이다. 사람들의 예상을 뒤엎어 놀라게 만드는 효과, 작가까지도 어안이 벙벙하게 만드는 플럭서스 활동, 역시 남준의 친구 조셉 보이스였다.

이날 섬뜩한 황소 머리를 건 것은 충격 요법을 통하여 관객들의 의식을 하나로 만들어 보다 많은 것을 흡수하게 하려고 한 것이었지만 실패하고 말았다. 황소 머리로 화제를 모으는 데는 성공했지만, 첫 비디오 아트가 황소 머리 때문에 묻혀버렸다는 평을 받고 말았다. 충격적인 광경에다 썩는 냄새 때문에 동네 주민들이 경찰에 신고했기 때문이었다. 출동한 경찰관은

"법적으로 도축한 가축의 머리는 1m 이상 땅을 파고 묻어야 합니다. 이 소머리는 압수하고 당신은 벌금에 처할 것입니다." 하고는 전시가 끝나가도 전에 황소 머리를 가지고 가버렸다. 복도를 꽉 막아 왔던 기구도 30분 후 '쾅!' 터져버렸다. 남준은 죽은 황소 머리를 TV 13대가 당해내지 못했다고 말했다.

TV 예술, 비디오 아트를 하려면 돈이 많이 든다. 남준은

독일 유학 시절 집에서 부쳐오는 돈으로 생활했다. 하지만
당시에는 한국의 시대적 상황이 여의치가 않아 생활비가
끊겼다. 그래서 1962년부터는 스스로 벌어 생활해야 했다.
남준은 다음 작품을 기획할 돈이 없었다. 그래서 가지고 있
는 돈을 몽땅 털어 세 곳으로 나누어 주식에 투자했다. 두
곳은 망하고 1곳, 오스트리아 은행에서 흑자를 좀 봐 그 돈
으로 TV 13대를 사서 비디오 아트 첫 전시를 시작한 것이
었다.

두 번째 장소는 엥겔스가 살았던 소도시 파르나스 화랑
에서 열었다. 이 전시의 개념은 플럭서스 예술가인 만큼 플
럭서스 정신을 살려 1960년대 대중문화의 우상이었던 텔
레비전을 공격하고 해체하는 데 있었다.

백남준의 글

'내가 만든 텔레비전은 항상 재미있는 것도 아니지만 항상
재미없는 것도 아니다.
자연이 아름다운 것은 자연이 항상 아름답게 변해서가
아니라 단순히 변하는 것인 것처럼 내 텔레비전에서
질(quality)이란 말은 가치(value)를 나타내는 것이 아니라
개성(character)을 의미한다. A가 B와 다르다는 것은 A가
B보다 낫다는 것은 아니다. 나는 빨간 사과가 필요하지만,
가끔 빨간 입술도 필요하다.'

1964
인본 공연과 뉴욕 활동

    독일에서 공부를 마치고 플럭서스 활동가로 명성을 얻은 남준은 일본으로 건너가게 되었다. 잘 나가던 사업이 기울어 집안 형편이 어려워져 생활비를 지원하던 형이 비용도 절감할 겸 일본에서 활동하는 것이 좋겠다는 제안을 해 왔기 때문이었다. 형은 막 시작한 TV 예술을 위해서는 전자 기술이 발달한 일본에서 시작해 보는 것이 좋겠다고 했다. 남준도 그게 좋을 것이라는 생각을 했다. 도쿄 인근 가마쿠라라는 곳에 있는 형의 집에서 일본의 전위예술가들과 교류를 시작하였다. 이미 독일에서 플럭서스 활동가로 인정을 받은 터여서 일본에서도 전시, 공연 활동은 어려움 없이 이어졌다.

    1964년 5월 29일 도쿄 '쇼케츠 홀'에서 첫 귀국 공연을 했다. 독일에서 플럭서스 활동에서 인정받은 작품들을 올렸다. 문화 테러리스트라는 별명을 안겨준 작품들을 선별하여 무대에 올린 것이다. 이 공연은 '파괴의 아름다움'이라는 제목으로 요미우리 신문에 독일에서 활약했던 백남준이 모교가 있는 일본으로 돌아와 공연을 시작했다는 내용으로 소개되었다. 신문을 본 일본의 아방가르드 예술인들이 몰려왔다.

오프닝 공연으로 먼저 달걀을 들고 나가 벽을 향해 힘껏 던졌다. 어둠 속에서 조명을 따라 달걀은 하얀 일직선을 그리며 날아가 벽에 부딪혀 '퍽' 소리를 내며 부서져 내렸다. 새하얀 벽면을 타고 흘러내리는 끈끈한 노른자 흰자가 벽에 흔적을 남겼다.

이어 피아노 퍼포먼스를 진행했다. 무대 위에 두 대의 피아노를 갖다 놓은 뒤 왼손으로 아무렇게나 건반을 두드리면서 오른손으로 갈고리 등 준비한 오만가지 기구로 피아노를 괴롭혔다. 아주 짧게 사람들의 귀에 익은 소녀의 기도를 연주해 주기도 했다. 그리고는 대패를 들어 까맣게 윤기가 흐르는 피아노 몸체에 갖다 대고 우악스럽게 문질러 댔다. 서걱서걱 피아노 피부를 깎아내렸다. 반질반질하던 피아노 표면이 처참히 깎여져 내렸다. 관객들이 얼이 빠져 있을 때 뒤편에 숨겨두었던 도끼를 들고 와 피아노를 박살 내버렸다. 검은색, 흰색 건반들이 튀고, 내부 부속품들이 사방으로 흩어졌다.

다음으로 남준은 대야에 준비해 둔 먹물에 머리를 처박았다. 머리카락에 먹물을 흠뻑 묻힌 다음 길게 펼쳐놓은 화선지에 머리로 글씨를 써 내려갔다. 일본 관람객도 독일에서 처음 공연했을 때처럼 넋을 잃고 있었지만, 그것으론 부족했다.

남준은 신고 있던 가죽 구두를 벗어들었다. 그리고 그 안에 준비해 둔 물을 콸콸 따라 부었다. 그리고 벌컥벌컥 그 물을 마셔 버렸다. 그리고는 무대를 떠나 버렸다. 관중들은 자리를 떠나지 못하고 있었다. 남준은 무대에 전화벨을 울리게 하고 엄숙한 목소리로 '공연은 끝났습니다. 이제 모두 돌아가십시오.' 하고 공연이 끝났음을 알렸다. 이 공연은 이미 이전에 발표된 작품이었지만 일본 관람객을 위하여 재공연한 것이다.

그 공연을 보고 남준의 동경대학 동창생은 도시오 마쓰모토는 이렇게 말했다고 한다.

'백남준은 얌전하고 수줍은 학생이었다. 그런데 졸업 후 동경에 돌아와 퍼포먼스를 하는 것을 보고 나는 아연실색했다. 피아노를 때려 부수고, 머리에 먹물을 뒤집어쓴 채 글씨를 쓰고. 옛날의 백남준은 간 곳 없었다. 모습은 분명 백남준이었지

만 그가 하는 행동, 즉 예술은 정말 믿기 어려웠다. 그가 플럭
서스 예술가가 되다니….'

이 공연으로 남준은 일본에서도 이름을 알리는 작가가
되었다. 또 이때 평생의 동반자 2명을 만난다. 아내 구보타
시게코와 남준의 작품에 문제가 발생하면 치료해 준 작품
의사 슈야 아베이다.

남준이 TV를 이용한 비디오 아트를 창시하게 된 배경은
1960~1970년대 미국 사회의 급속한 TV 보급으로 정치,
사회, 개인에 이르기까지 삶의 패턴을 완전히 바꾸어 놓은
현상에 주목하면서부터였다. 이 시대 TV는 사람들을 불러
모아 획일적 정보를 공급하여 바보로 만든다는 이유로 '바
보상자'로 불릴 만큼 대중적이었다. 늘 새로운 것을 찾아야
하는 예술가인 만큼 바로 가장 흔한 TV로 창작을 해야겠다
고 생각했다. 사람들은 바보상자라고 말하지만 모두 그 바
보상자 앞에 앉아 있고, TV를 보며 이야기하고, TV를 보
며 웃고 있었으니까. 그리고 무엇보다 예술가들조차도 TV
는 과학 기술의 분야로만 생각할 뿐 예술과는 거리가 먼 것
으로 생각하고 있으니까. 서로 조합이 안 될 것 같은 것에
서 찾아내는 것이야말로 진정 새로운 것을 찾는 방법이었

기에 가장 매력적일 수 있다고 생각했던 것이다.

쇼게츠 홀 공연 후 일본에서 TV 예술을 막 시작하려고
할 때 뉴욕에서 초청장 한 장이 날아왔다. 뉴욕의 플럭서스
공연에 중요한 멤버로 참여해 달라는 것이었다. 그래서 남
준은 1964년 난생처음 미국에 갔다. 뉴욕 도착 당시 1958
년 독일에 있을 때 동료로 지내던 아방가르드 작가들은 이
미 대가가 되어 있었다. 그리고 앤디 워홀이라는 새 인물이
등장하였다. 앤디 워홀은 '팝 아트'8의 유명인으로 활동하
며 고전 예술의 권위에 정식으로 도전하고 있었다. 뉴욕은
활기가 넘쳤다. 일본에 비해 열정적인 예술가들이 모여 있
었고 그들의 활동은 서로 자극하며 각자의 새로움을 경쟁
하고 있었다. 존 케이지, 마리 바우어 마이스터, 샬롯 무어
만, 스톡 하우젠 등의 동료들도 뉴욕에 정착하라고 붙들었
다. 남준은 뉴욕에 남았다.

나중에 보이스가 남준에게 물었다.

"뉴욕에서 지내기가 어떤가?"

---

8 팝 아트(Pop Art) : 파퓰러 아트(Popular Art)를 줄인 말로서 대중미술이라는
  의미이며 1960년대 뉴욕을 중심으로 일어난 미술의 한 경향.

"독일에는 누가 친구이고 누가 적인지 알 수 있는데 뉴욕에서는 누가 친구고 누가 적인지 모르겠어. 여기서는 비단장갑을 끼고 사람을 죽이는 것 같아."

그만큼 뉴욕은 치열했다.

'제2회 아방가르드 페스티벌' 행사가 미국의 샬롯 무어만이라는 진보적 여성 예술가에 의해 준비되고 있었다. 당시 남준은 이제부터 일본에서 활동하기로 했으니 공연이 끝나면 돌아가리라 생각하고 있었다. 케네디 공항에는 초청자 샬롯 무어만이 마중 나와 있었다. 샬롯 무어만은 줄리아드 음대를 나와 클린블랜드 오케스트라와 아메리칸 심포니 오케스트라에서 첼로 수석 주자로 활약하고 있는 인재였다. 샬롯 무어만이 큰 프로젝트를 맡아 〈괴짜들〉을 공연할 계획을 세우고 중심 멤버였던 남준을 불러들이기로 했던 것이었다. 이때가 남준과 샬롯 무어만을 처음 대면한 때이다. 〈괴짜들〉은 이미 독일에서 성공적으로 공연한 콘텐츠였고 남준을 '동양에서 온 테러리스트'가 된 계기를 마련해 준 공연이었다.

이 공연에서 남준은 또다시 구두에 물 퍼마시기 등 독일과 일본에서 진행했던 공연을 했고 더하여 일본에서 제작한 로봇도 동원했다. 로봇은 남준의 기획대로 무대 위를 욕을 하며 돌아다니다가 갑자기 케네디 대통령의 연설문을 떠들고 다니는 역할을 맡았다. 로봇 〈K456〉은 인기 최고이었다.

남준은 공연을 마치면 일본으로 돌아가려는 계획이었지만 돌아가지 않았다. 친구들이 돌아가게 놔두지를 않은 것이다. 이를 계기로 미국에 머물기로 계획하고 샬롯 무어만과 공연을 계속하였다. 둘은 그렇게 파트너가 되었다.

남준과 샬롯 무어만은 본격적인 파트너 활동을 했다. 이제 여성 파트너가 생겼으니 그동안 할 수 없었던 공연을 모두 해 보려는 생각이었다. 예술의 모든 장르에 성적인 요소가 중요하고 비중 있게 다루어지지만 음악에서만 다루지 않는다는 것은 음악의 위선이라고 생각했다. '새로운 쇼', 그것은 음악을 듣게만 하는 것이 아니라 보이게 하는 것이고 음악에도 성 문제가 다른 장르에서처럼 자연스럽게 다루어져야 한다고 생각했다. 그래서 샬롯 무어만의 동의를 얻어 관능적인 공연을 적극적으로 펼쳤다. 당시는 미국에서도 나체는 허용하지 않던 시대였는데 둘은 〈생상스를 위한 변주곡〉이라는 공연에서 속옷을 입었다, 벗었다를 반복

하고 〈오페라 섹스트로니크〉에서도 외설 논란을 불러일으
켰다. 공연 중에 경찰에 연행되기도 했다. 이렇게 뉴욕 활
동 기간 샬롯 무어만을 만난 뒤 남준의 예술 활동은 보이는
음악, 성을 담아내는 음악으로 새로운 '쇼'를 실현해 나갔
다.

1965
뉴욕 시절 유럽 순회공연

1965년부터 남준과 샬롯 무어만은 유럽 순회공연을 다녔다. 샬롯 무어만은 남준의 기획에 호흡을 맞추어 주는 최고의 파트너였다. 남준은 반나체로 클래식 곡을 연주해 줄 음악가를 찾고 있었다. 클래식 음악가 시오미 미에코를 섭외했지만, 퇴짜 맞았다. 모두에게 거절당했다. 남준이 찾는 사람은 퍼포먼스 행위자 말고 반드시 클래식 음악을 전공한 사람이어야 했다. 이에 샬롯 무어만이 승낙한 것이다. 샬롯 무어만은 음악, 미모, 예술가로서의 섬세한 감수성을 모두 갖춘 여성 예술가였다.

5월 남준과 샬롯 무어만은 장 자크 르벨이 주최한 파리 몽파르나스의 미국 문화원에서 〈표현의 자유 페스티벌〉 공연에서 속이 다 보이는 투명 드레스를 입고 연주를 했다. 남준이 인간 첼로가 되고 샬롯 무어만이 연주하는 퍼포먼스를 거행하다가 관람객의 신고로 경찰서로 연행되어 갔다. 경찰이 들이닥쳤을 때 작곡가인 남준은 젊잖은 정장 차림으로 무대 위에 있어 풀려났지만, 샬롯 무어만은 재판까지 받아야 했다. 이 사건은 '외설과 예술의 자유 논쟁'으로 비화하여 미국 예술계의 뜨거운 화두가 되었다.

남준은 자신 때문에 재판을 받아야 하는 샬롯 무어만을 구출하기 위해 발 벗고 뛰었다. 안면이 있는 서양의 유명 인사들, 알지는 못해도 예술을 사랑하는 사람들, 프랑스의 시인들, 정치인, 예술계 인사들에게 빠짐없이 편지를 썼다. 이중 예술 운동가이며 공연 주최자인 '장 자크 르벨'에게 다음과 같은 편지를 썼다.

'이렇게 고맙다는 답장을 늦게 보내는 나를 10000000000 000000000000 서른 개 번 용서하게나.

자네의
멋진 전보
100000000000000000000000000000000번 넘게 고맙다네.'

남준은 재판 비용을 마련하기 위해 한국의 가야금 명인 '황병기'를 불러 '뉴욕 타운홀'에서 '모금 연주회'를 열기도 했다. 이 공연에서 황병기는 정갈하게 한복을 차려입고 등

장하여 진지하게 남도 선율을 공연장 가득 울리게 했다. 이
때 샬롯 무어만이 비키니 수영복을 입은 채로 자크가 달린
자루로 들어가 가야금 소리에 맞추어 무대를 굴러다니기
시작했다. 그러다가 이따금 지퍼를 열고 바깥을 내다보며
가야금 연주를 감상하기도 하고 팔과 다리를 불쑥 내밀기
도 했다. 당시 황병기는 가야금 연주에 집중하고 있었지만
그런 낯선 공연, 독특한 무대는 처음이어서 큰 충격을 받았
다고 털어놓았다.

결국 미국 법원은 〈오페라 섹스트로니크〉는 외설이 아닌
예술이라는 주장을 받아들여 샬롯 무어만에게 선고 유예
판결했다.

남준은 이 공연 〈오페라 섹스트로니크〉 서문에 다음과
같이 썼다.

'진지함을 유지한다는 이유로 음악에서만 성을 제거한다는
것은 도리어 음악의 진지함을 해치는 행위다. 음악도 문학, 미
술과 동등한 위치의 고전 예술이다. 따라서 음악도 음악계의
D. H. 로렌스, 음악계의 지그문트 프리드가 필요한 것이다.'

1977
결혼

　남준은 뉴욕에서 시케코라는 여인과 동거를 하고 있었다. 시케코는 남준이 일본으로 갔을 때 동경대 출신 예술가 귀국 공연에서 처음 만났다. 후에 시게코가 남준이 있는 뉴욕으로 왔고 함께 지내게 되었다.

　10년을 넘게 함께 살아온 동료이자 연인인 시게코가 어느 날 일본으로 돌아가겠다고 말했다. 시게코도 예술가로 성공하는 것이 꿈이고 그러기 위해 뉴욕에 왔다는 걸 남준은 알고 있었다.

　"왜 일본으로 돌아가려고 하는 거지?"

　"갈 수밖에 없잖아요."

　"갈 수밖에 없다니? 가고 싶지 않은 데 갈 수밖에 없는 일이 생긴 거야?"

　남준은 시게코 집안에 일이 생긴 것으로 생각했다. 그런데 자신 때문이었다.

　시게코는 39살, 동거가 10년이 넘어갔을 즈음 아이가 갖고 싶었다고 했다. 아니 결혼하고 싶었다고 했다. 그러나 남준은 결혼 생각이 없는 사람이었다. 그래서 시게코는 남준 몰래 아이를 가지려 했다. 예쁜 아이가 두 사람의 품속에서 꼬물거리게 되면 남준도 어쩔 수 없이 결혼하게 되지 않을까? 하는 생각에 혼자 임신 계획을 세우고 남준 몰래 시도하였다. 그런데 아이가 들어서지 않는 것이었다. 웬일인가 하여 병원에 가 보았더니 자궁암에 걸려 있었다. 아이는커녕, 결혼은커녕. 자궁을 들어내야 하는 환자가 되어 버린 것이다. 수술해야 했다. 가난한 예술가들인 두 사람에게는 수술비가 없었다. 시게코는 남준에게는 알리지도 않은 채 일본의 어머니에게 의논했다.

"어머니 나 암에 걸렸대요."

"뭐라고? 세상에 이게 무슨 말이냐. 설마 고칠 수 없는 지경에 이른 건 아니지?"

"초기라서 수술하면 된다는데 수술비가 없어요."

"수술비가 얼마나 된다는데 그래?"

"우리가 감당할 수 없는 비용이 들어요."

"아니 미국은 무슨 병원비가 그렇게 비싸단 말이냐?"

"보험을 들어 놓지 못해서 그런 거여요. 미국은 보험이 없으면 병원에 갈 엄두를 내지 못해요."

"그러면 어쩌겠니. 남준이고 예술이고 그런 거 다 집어치우고 일본으로 와서 수술받아라. 일본은 비용도 싸고 의료기술도 미국 못지않으니 하루라도 빨리 돌아와라."

시게코는 모든 것을 포기하고 일본으로 돌아갈 계획을 세웠다. 짐을 꾸리는 시게코를 보고 남준이 말했다.

"시게코"

"네?"

"우리 결혼하자."

"뭐라고요? 병들어 고향으로 돌아가려는데 결혼하자고요? 당신 미쳤어요?"

시게코는 '당신 아픈 나를 대상으로 또 뭐 어떤 퍼포먼스를 해 보려는 거 아니어요?' 하는 표정으로 남준을 바라봤다.

"방송국에서 일할 때 들어 놓은 보험이 아직 살아 있어. 나랑 결혼해서 아내 자격으로 수술받으면 치료비를 댈 수 있어."

"괜찮아요. 나 때문에 그럴 거 없어요,"

"시게코 때문에 그러는 게 아니야. 사실 난 시게코가 없인 못 살아."

"난 이제 애도 못 낳는 여자란 말이어요. 당신이랑 결혼할 자격이 없다고요."

"상관없어 시게코, 난 아이 가질 생각이 없어. 예술 활동 하고 작품만 하는데도 시간이 모자랄 지경이고 그리고 나 닮은 아이가 태어나면 골치만 아프지."

남준은 정말로 결혼 생각이 없었다. 또 한편 반드시 결혼 하지 않을 이유도 없었다. 그렇다면 사랑은? '사랑'이라는 것을 생각해 보았다. 남준은 자신을 사랑하여 14년을 곁에 있어 준 사람이 없이는 홀로 살 수 없을 것 같았다. 그리고 잠시 생각했다.

'혹시 이것도 사랑일까? 그렇다면 OK, 내가 사랑하고 말 고는 상관없고 나를 사랑하는 사람 없이 살아갈 수 없다. 그러니 그 사랑으로 우리는 결혼을 한다.'

남준은 하루라도 빨리 결혼식을 치르자고 했다. 그래서 바로 다음 날 뉴욕 시청으로 갔다. 가장 빠르고 값싸게 결 혼식을 할 수 있는 곳이 그곳이었으니까. 그곳은 돈이 없어 결혼식장을 빌릴 수 없는 사람들이 가는 곳이었다. 증인이 필요했다. 남준의 친구들은 모두 유명한 사람들이어서 몇 달 전부터 시간을 예약해야 가능했다. 그래서 시각장애인 친구 필립에게 부탁했다. 필립은 특별한 직업 없이 장애인 지원금으로 살아가는 터여서 당장 승낙을 받을 수 있었다.

1977년 3월 21일 결혼 증인을 서 주겠다는 필립을 데리

고 시청으로 갔다. 여러 쌍의 예비 신혼부부가 결혼식 순서
를 기다리며 서 있었다. 남준은 양복은 입었지만, 타이가
없었다. 시게코는 재킷에 정장 바지를 입었다. 필립이 타이
가 없는 남준에게 증인을 서기 위해 차려입은 자신의 넥타
이를 풀어 주었다. 필립이 말했다.

"식장 안에 예쁜 꽃들이 많은가 봐."

신부들에게서 나는 향수를 시각장애인인 필립이 꽃향기
로 착각한 것이었다. 시게코는 '내가 남준의 아내가 되기 위
해 애태운 세월이 얼마인데 시각장애인이 증인을 서는 결혼
식에 드레스도 입지 못한 채 서 있구나.' 하는 생각을 했다.
결혼식이 끝나면 신혼여행 대신 병원으로 가 수술을 받아야
한다. 조금 슬펐다. 결혼식을 마치고 차이나타운으로 갔다.
셋이서 조촐한 피로연을 열었다. 시게코가 우울해 보였다.
수술 때문인지, 엉겁결에 치르는 엉망진창인 결혼식 때문이
었는지. 남준은 시게코의 기분을 돌리기 위해 애를 썼다.

"시게코 우리의 결혼은 행운이야. 축복받은 것이라고."

종이를 꺼내 숫자를 적어 보였다. 1부터 7까지를 썼다.

"자, 보라고. 우리가 77년 3월 21일, 결혼해서 식당
'456'에서 저녁을 먹고 있잖아. 1부터 행운의 숫자인 7까
지가 다 들어있어. 이건 행운을 말하는 거야. 당신 수술도

잘될 것이고, 우리 앞날도 탄탄대로 고속도로가 쫙! 펼쳐진
다는 얘기지."

"고마워요."

뭐가 고마운 걸까?

다음날 시게코는 '콜롬비아 프레스 비테리언 병원'으로
가 자궁 적출 수술을 받았다. 그리고 3개월간 병원에 머무
는 동안 친구들이 찾아왔다. 친구들은 놀라워했다. 시게코
의 수술보다 결혼을 안 하겠다던 남준이 결혼했다는 사실
에 더 놀랐다.

"남준 어떻게 결혼할 생각을 한 거야?"

"시게코가 나를 하도 쫓아다녀서 불쌍해 결혼해 줘 버렸
지."

하지만 죽을 때까지 의료보험 때문에 결혼했다는 말은
누구에게도 하지 않았다. 시게코는 오랜 꿈을 이루었다고
말했다. 아내가 되어준 시게코는 남준이 마지막 가는 길을
지켜 주었다.

1978
다시 독일에서

비디오 예술가로 뉴욕에서 활동 중이던 남준에게 독일의 유명 뒤셀드로프 예술대학에서 교수직 제안이 왔다. 남준과 시게코는 다시 독일로 갔다. 이때가 남준에게는 비디오 예술가로 가장 크게 인정받던 시절이었다. 예술가의 활동뿐 아니라 안정된 직장을 갖게 되어 경제적으로도 가장 안정된 시절이었다. 대학에서 마련해 준 아파트는 라인강이 내려다보이는 가장 아름다운 곳에 있었다.

일도 수월했다 1달에 한 번만 강의하고 나머지는 연구 활동이나 작품활동, 학생 지도 등 자유롭게 시간을 보낼 수 있었다. 남준은 조금 일하고 돈은 많이 받는 데 익숙하지 않은 삶을 살아왔던 탓에 그런 생활이 영 불편했다. 자꾸만 학교 측에 미안한 생각이 드는 것이었다. 그래서 학생들에게 신경을 많이 썼다. 학생들을 한국식당으로 데리고 가 실컷 배를 불리게 해주고 비행기 표를 사 미국의 작업실로 데리고 가 미국의 미술관 등을 견학시켰다. 이때에도 남준에게는 평범한 것은 어울리지 않아 학생들을 지도하는 데도 뭔가 남들이 안 하는 일을 해야 한다고 생각했다. 무엇보다 아이들에게 새로운 경험을 하게 하여 새로운 것을 생각해 낼 수 있게 해주어야 한다고 생각했다. 그래서 어느 날 학생들을 카지노에 데리고 갔다.

"애들아, 이리 와봐 내가 뭔가를 너희에게 줄 것이다."

학생들이 모였다.

"똥은 아니지요?"

학생들은 남준이 또 재미있는 일을 벌일 것이라 기대하며 신이나 몰려들었다. 남준은 학생들에게 두둑이 용돈을 안겨 주었다.

"와우!"

금액을 보고 아이들은 깜짝 놀랐다.

똥이었다면 하나도 놀라지 않았을 텐데 거액의 용돈을 받아들고 놀라워했다.

"교수님 이 돈으로 무슨 프로젝트를 하나요?"

"실컷 놀아보는 거야. 너희들은 이제 이 돈이 다 사라질 때까지 도박을 즐겨라. 도박이야 도박. 더러운 돈을 한 푼도 남기면 안 돼. 알았지?"

학생들은 신이 났다. 아마 한국이나 일본 같으면 난리였을 것이다. 그러나 독일 학부모들은 교수의 심오한 의도가 있었을 것으로 여기며 누구도 이의를 제기하지 않았다. 오히려 한 학생이 카지노 동전 교환기에서 영감을 얻어 비디오 아트를 실현하여 상을 받자 학부모들이 카지노를 경험하게 한 것에 대해 감사해했다. 남준 학생을 불러 말했다.

"야 임마! 신나게 놀라면 놀 일이지. 너는 카지노에서도 쓸데없는 잡생각을 했구나."

독일은 남준의 예술의 고향이다.

독일 교수 시절 프랑스 퐁피두 미술관에서 대형 작품을 설치해 달라는 제안이 왔다 남준은 1982년 TV 384대의 모니터를 이용해 퐁피두 1층 전체 바닥에 프랑스 국기를 설치했다. 이 작품은 당시 학생의 아이디어를 참고해 만든 것이었다. 어느 날 학생이 TV 화면에 독일 국기를 담아 보여주었는데 그때는 별 대수롭지 않게 여겼다. 그런데 퐁피두 제의를 받고 작품을 구상하다가 그 학생의 작품이 떠올랐다. 힌트를 얻었지만 사실 작품은 차원이 완전히 다른 것이었다. 우선 스케일에서 하늘과 땅 차이였다. 또 프랑스 국기는 독일 국기와는 다르게 색감의 효과를 낼 수 있었다. 이 작품은 센세이션을 일으켰고 남준은 파리에서도 단번에 유명해졌다. 남준은 학생을 지도 차원에서 프랑스로 불러 작품을 보여주었다.

"어떠냐. 독일 국기로는 이런 색감의 효과는 절대로 낼 수 없지. 한번 비교해 보아라. 국기의 쓰임과 효과를…."

남준은 학생의 아이디어를 빌려 쓴 비용을 학생에게 지급했다.

"자, 이건 네 아이디어를 빌려 쓴 비용이다."

학생은 받은 돈의 규모가 어마어마하여 당황스러워했다.

남준 부부의 고질병은 평화로움, 여유에 대해서는 쉽게 권태를 느낀다는 것이었다. 부부는 신의 직장을 버리고 다시 다시 미국으로 돌아가야 한다고 생각했다. 시게코가 말했다.

"당신은 선생이 아니고 창작하는 작가라는 걸 잊어서는 안 돼요."

1984
한국에서

1984년 6월 22일 34년 만에 한국의 땅을 밟았다. 1950년 전쟁을 피해 한국을 떠난 뒤 처음으로 서울 땅을 밟을 수 있게 되었기 때문이다. 이번 귀향은 세계 여러 나라에서 비디오 예술가로 명성을 얻은 뒤 비로소 한국에서도 남준에게 작품을 의뢰하여 초청받아 오게 된 것이었다. 한국으로의 귀향은 1984년 1월 1일 대형 비디오 우주 쇼 〈굿모닝 미스터 오웰〉이 큰 화제를 불러일으키지 못했더라면 불가능했을 일이었다. 이 우주쇼가 한국에 방영되면서 한국에도 남준의 이름이 알려지게 된 것이다.

공항에는 여러 언론사에서 나와 취재했다. 한 기자가 묻는다.

"이번 여행의 목적은 무엇입니까?"

"한국미인 만나러 왔습니다."

와~ 하하하. 듣고 있던 사람들이 크게 웃었다.

"한국에서는 어떤 일을 할 계획이십니까?"

"부모님 산소에 가 보고, 가족 만나고, 동창생들도 찾아 봐야지요. 내 동창이 서울시장이 되었다고 하는데 한턱 얻 어먹을 작정입니다. 유치원 짝 경희 할머니도 찾아볼 계획 입니다."

"왜 조국을 놔두고 외국에서만 활동하십니까?"

"문화도 경제처럼 수입보다 수출이 중요해요. 나는 한국 의 문화를 수출하기 위해 외국을 떠도는 문화 상인입니다."

"왜 예술을 하십니까?"

"인생은 싱거운 것이잖아요? 짭짤하고 재미있게 만들려 고 하는 거지요."

남준은 한국을 누구보다 사랑하는 사람이었다. 그런데도 한국을 떠나 평생 외국을 떠돌아다녔다. 아버지와 어머니 도 외국을 외로이 떠돌 때 여의었다. 두 형은 일본인으로 귀화하여 이름도 바꾸었지만, 남준은 끝까지 한국인으로 남았다. 덕분에 죽어서도 지금 한국인의 영혼이다. 만약 형 들처럼 일본인이었다면 미국 여권을 쉽게 얻을 수 있었고, 더 편리하게 살아갈 수도 있었겠지만, 한국 여권을 버리지 않았다. 한국인 신분으로는 갈 수 없는 나라가 숱했지만 그래도 개의치 않았다. 불가리아. 루마니아, 폴란드, 등에서 좋은 조건으로 초청을 했지만, 훗날 한국 땅을 밟을 때 방해가 될까 봐 응하지 않았다. 그렇게 국적을 지켜온 그에게 모국의 첫 방문이 이루어진 것이다. 이제 한국에서 마음껏 작품활동을 펼칠 수 있게 되었다. 이렇게 되기 위하여 세계 여러 나라에서 미치광이, 괴짜, 테러리스트의 소리를 들으며 과감하게, 과격하게 도전의 삶을 살아왔다.

드디어 한국에서 남준에게 대형 프로젝트를 의뢰했다. 드디어 남준은 국제적인 큰 행사 '1986년 서울 아시안 게임'에서 〈바이 바이 키플링〉이라는 공연을 펼친다. 이는 한국에 올 수 있게 만들어 준〈굿모닝 미스터 오웰〉에 이은 두 번째 인공위성 작품이었다. 남준은 아시아 여러 나라가 모이는 이 행사를 기념하여 동양과 서양이 따로가 아닌 '세계는 하나'라는 것을 보여 주어야겠다고 생각했다. 〈바이 바이 키플링〉은 영국 시인이었던 키플링이 '동은 동', '서는 서'이니 둘은 하나일 수 없다고 했던 그 주장을 깨려는 시도였다. 동서양은 이제 하나의 지구촌이 된다는 것을 이 행사를 통해 말하고 싶었다. 남준도 동양인이었음에도 서양에서 잘 살아왔지 않은가.

다음 인공위성 작품은 1988년 서울올림픽을 위해 만들어진 〈손에 손잡고〉이다. 동양과 서양은 다르지 않다는 것을 보여주었으니 이제는 세계인 모두가 손에 손잡고 하나가 되어 나아가야 하지 않겠는가. 그는 '동양에서 온 테러리스트'가 되어 서양을 제패하고 이렇게 조국에서 인공위성을 활용하여 세계를 무대로 펼칠 수 있는 예술을 할 수 있게 될 때까지 도전을 멈추지 않았다. 그 완성을 한국에서 펼칠 수 있어 말할 수 없이 기뻤다.

이 외에도 한국에서 창작한 작품은 〈다다익선〉, 친구〈조셉 보이스 추모곡〉 외 여러 편이 있다.

1996
병상 생활

　1996년 3월 남준은 미국 신시내티에서 열리는 전시회에 가려고 집을 나섰다.

　"거기는 가지 말아요. 그곳은 너무 추운 곳이라잖아요. 존 케이지도 거기서 넘어져 병원 신세를 졌잖아요."

　아내가 말렸다.

　"거기서 내 전시회가 열리는데 어떻게 안 가."

　예술에 관한 일에 있어서는 고집을 말릴 수 없다. 아내도 그걸 잘 안다. 남준은 떠났고 별 탈 없이 돌아왔다. 하지만 집에 돌아와 실내에 있는데도 이상하게 벌벌 떨리는 것이었다.

　"너무 추웠어. 비행기에서 내어주는 담요를 덮어도 추워 몹시 떨었다고."

　남준은 아내에게 말했다. 추위로 인한 몸살이 난 것이었다. 그런데 몸살기가 채 회복되기도 전에 또다시 한국으로 가야 했다. 삼성그룹 창업자인 고 이병철 회장을 기리기 위해 제정된 호암상 수상자로 결정되었다는 통보를 받았기 때문이었다. 남준은 사실 건강한 체질이 아니었다. 당뇨를 앓고 있었다. 그래서 어디에서든 자야 했다. 1993년 베니스 비엔날레 당시 한국관에 들렀다가 전시장 한쪽 구석에서 잠이 들었는데 사람들은 남준의 기이한 행동의 연장으로 생각했지만 사실 그건 당뇨 증상 때문이었다. 오랜 여행에 피로를 견디지 못하는 남준 전시관 뜰이든, 차 안이든 코를 골며 잤다.

1996년 한국에 다녀온 다음 날이었다. 맨해튼 머서 가 5층 아파트 식당에서 저녁을 먹고 있었는데 심하게 재채기를 하더니 바닥으로 쓰러졌다. 의식을 잃었다. 아내 시게코가 얼굴을 들어 살펴보고 소스라치게 놀란다. 입이 일그러진 채 왼쪽으로 돌아가 있었다. 왼쪽 반신을 마비시킨 뇌졸중이었다.

"정신 차려봐요. 정신 차려요."

아내는 4층에 사는 도우미 존 메카바시에게 알렸고 곧바로 의사에게 연락했다. 구급차가 오고 병원으로 이송됐다. 응급조치를 받고서야 그는 정신을 차렸다. 다행이었다. 아내가 곁에서 울고 있었다. 남준은 아내를 안심시켰다.

"걱정하지 마. 시게코. 오늘이 부활절이잖아. 난 예수처럼 부활한 거야."

실제로 그날은 부활절이었다. 남준의 투병 생활은 그렇게 시작되었다.

처음 수술을 하고 배정받은 병실은 창문도 변변치 않은 감옥 같은 분위기여서 몹시 답답했다. 하지만 병실이 없어 그곳에서 지내야 했다. 바로 전날까지 세계를 무대 삼아 날아다니던 대가가 하루아침에 반신불수가 되어버렸으니 그 사실을 받아들이기가 몹시 힘들었다. 그 사정을 알게 된 지인이 더 나은 병동으로 옮겨 주었다. 그곳엔 독일인 의사가 있어 기분이 훨씬 나아졌다. 독일에서 살았던 그는 독일 의사와 소통하는 일이 즐거웠다. 의료진들이 그가 세계적 비디오 작가라는 점을 알게 되면서 대하는 것도 달라졌다.

미국은 재미있는 나라이다. 환자들에게 이성의 간호사들을 붙여줌으로써 심리적 접근법 치료를 한다. 나이 든 남자의 재활치료는 생기발랄한 젊은 여성을, 환자가 나이 든 여성일 경우엔 젊은 청년 간호사들이 간호와 재활치료를 맡는다.

병실을 옮긴 다음 날 건강하고 젊은 두 여성 간호사가 나타났다. 빨간 립스틱을 바르고 빨간 타이츠를 입은, 대학을 갓 졸업한 간호사들이었다. 이들은 재활치료를 하자며 남준을 병상에서 끌어 내린 뒤 가슴을 누르며 갓난아기처럼 다루었다. 물리치료 중엔 발가벗기기도 했다. 그리고는 벌거벗은 몸을 신기한 듯 바라보며 기분 좋아질 것 같은 말을 골라 이야기를 시도했다.

"피부가 40대 남자처럼 젊어 보여요."

남준은 64세였다.

"부인은 어떻게 만나셨어요?"

"이이는 있어요?"

어느 정도 안정감을 찾게 되자 남준은 하루빨리 예술 활동이 하고 싶어졌다. 그 일 아니고는 아무것도 할 수 있는 게 없는 사람 아닌가. 그림을 그리기 시작했다. 아내는 남준이 그린 그림을 병실 여기저기에 붙여 두었다. 얼마 후 다시 지인을 통하여 하버드 대학에 들어가기보다 어렵다는 '러스크 인스티튜트'라는 재활 센터로 옮겼다. 그곳의 진료 수준은 세계 최고로 알려져 있다. 하지만 세계를 주름잡던 아티스트가 한 곳에 갇혀 지내는 일은 무척 힘든 일이다.

어느 날 남준은 곁에 있는 아내에게 불쑥 이런 말을 했다.

"시게코 500달러만 가져다줘."

"그걸로 뭐하게요?"

"의사와 간호사들이 자는 밤에 몰래 병원에서 탈출할 거야."

몇 달 후 남준은 아내를 졸라 퇴원하여 집으로 돌아갔다.

집에서도 간병인 둘을 고용하여 도움을 받아야 했다. 24시간을 돌봐야 하니 12시간씩 2명을 고용해야 한다. 병원을 퇴원한 것은 상태가 호전되어 퇴원한 것이 아니었다. 병원을 지긋지긋해서 퇴원한 것이었다. 그래서 건강은 집에서도 그리 좋지 않았다. 왼쪽 몸은 마비되었고, 언어장애도 왔다. 혼자서 걸을 수도 없었다. 그러다 보니 신경이 예민해져 금방이라도 폭발할 것 같아 아내는 늘 조마조마해야 했다.

뉴욕의 겨울은 춥기로 유명하다. 혹독한 겨울을 피해 남준 부부는 따뜻한 남쪽 마이애미로 피하기로 했다. 마이애미는 미국에서 은퇴자들의 천국으로 불린다. 따뜻한 날씨뿐만 아니라 노인들을 위한 편의 시설이 잘 갖추어져 있다. 모든 공공시설의 건물에는 엘리베이터와 접근이 쉽도록 경사를 완만하게 마련하였고 휠체어를 이용하는 노인들을 위해서 인도도 평지보다 높지 않으며, 휠체어를 이용하는 노인이 나타나면 자동차들은 즉시 멈춘다. 지역병원들도 노인 환자를 유치하기 위하여 경쟁적으로 이들을 위한 시설을 마련하고 있었다. 주치의도 겨울엔 마이애미로 가는 게 좋겠다면서 마이애미의 한 병원을 소개해 주었다.

1984년에 남준은 플로리다 주도로 건설되는 마이애미 공항 프로젝트에 참여한 적이 있었다. 공항 내 비디오 작품을 설치해 주었다. 3만 500달러라는 꽤 많은 사례비를 손에 쥐었다. 그 돈으로 마이애미에 작은 아파트를 사 두었다. 그리고 해마다 겨울이 되면 뉴욕을 떠나 따뜻한 마이애미에서 지냈다.

마이애미의 생활은 나름대로 평온했다. 남준과 아내는 즐겨 동네 카페테리아로 갔다. 아침 식사는 주로 커피, 바나나, 요구르트였다. 점심엔 레스토랑으로 옮겨 맛있는 것을 실컷 먹었다. 장애인의 몸이 되었어도 밖으로 나가 사람들과 만나는 것이 좋았다. 눈부시게 환한 햇빛, 무엇보다도 살갗을 간질이는 마이애미의 산들바람을 맞으며 마이애미의 카페, 레스토랑의 테라스에 앉아 차를 마시는 것을 사랑했다. 반바지에 티셔츠를 입고 조깅하는 젊은이들이 테라

스 옆을 지나면 어김없이

"하이"

하고 손을 흔들어 주었다.

집에서는 TV를 설치하여 한국 방송을 보았다. 그때 남준이 본 드라마는 대장금이었다. 어찌나 재미있었던지 시게코는 일본의 여성들이 '욘사마, 욘사마' 하는 이유를 알게 되었다고 한다. 그동안 TV 모니터를 가지고 그렇게 많은 작품을 하였건만 정작 TV를 제대로 본 적은 없었다. 한국 드라마를 보다가 낯익은 장소가 나오면 눈물이 날 정도로 반가웠다. 씁쓸했다. 남준은 아내에게 말했다.

"쓰러지고 나니 세상에서 가장 따분한 일밖엔 할 일이 없네."

"그게 뭔데요?"

"TV 보는 거."

따분한 일에서 벗어나 보려고 그림을 그리고, 글을 쓰기도 했다. 그리고 가끔 시도 썼다. 그러면서 가슴에 묻어 두었던 수많은 이야기를 토해냈다.

'공산주의는 20세기 여러 나라를 침범해 들어갔지만, 그 나라들을 흡수하고 자신의 나라로 만든 국가는 중국이 유일하다. 중국인들은 '천천히, 천천히'라는 의미로 '만만디'라고 자주 말한다. 이는 다른 뜻으로 '즐겨라, 즐겨라.'의 의미도 지닌다.'

'하이테크 시대 이전의 사람들은 다른 이로 하여금 일을 시키기 위해 전화를 했다. 그러나 지금의 젊은이들은 전화하기 위해 전화를 한다. 이는 예술을 하기 위한 예술과 같다. 커뮤니케이션은 가상의 삶의 영역에서 진행된다. 인공지능도 새로운 수준의 신진대사가 되어 버렸다.'

몸이 아파 몸을 마음대로 움직이지 못하면 신경이 예민해져서 함께 있는 사람을 힘들게 하기 마련이다. 남준도 유일한 가족인 아내 시게코가 없으면 불안했다. 그래서 잠시만 보이지 않아도 찾고 이것저것 요구하는 게 많아 아내가 힘들어했다. 남준은 아내를 생각하며 크레파스로 손이 여러 개 달린 사람을 하나 그렸다. 그리고 '아내는 천수관음'이라는 글을 써 아내에게 주었다. 편지를 써 함께 전했다.

'시게코, 우리가 젊었을 때 당신은 내게 최고의 연인이었어.

내가 이제 늙으니 당신은 최고의 어머니, 그리고 부처가 되었
어.'

백남준의 말

"한국에 돌아가는 것이 소원이며 한국에 묻히고 싶다."

1998
백악관에서 있었던 일

1998년 6월 9일 백악관의 초청장을 받았다. 클린턴 대통령이 한국에서 온 김대중 대통령을 맞이하기 위해 미국 내 가장 유명한 한국인 백남준에게 참석 요청을 한 것이다. 초청장이 두 장뿐이었지만 휠체어를 밀고 돌볼 힘센 남자가 필요했다.

"백악관에서 김대중 대통령 방미 기념 연회에 남준을 초대했어요. 당신 그런 몸으로 가실 수 있겠어요?"

집으로 날아든 초청장을 받아 든 시게코가 남준을 향해 말했다.

"백악관 연회의 초청은 아무에게나 하는 게 아니잖아. 아무리 몸이 불편해도 응하는 것이 예의이지."

남준은 이 행사에 참여하기로 했다. 남준과 배우자인 시게코는 동반 초청 인사였다. 하지만 남준의 경우에는 홀로 거동할 수 없는 몸이니 간호인도 동행해야 했다. 이런 사정을 백악관에 알리고 승낙을 받았다. 하지만 집에서 돌봐주던 간호인은 불법 체류자여서 함께 갈 수 없었다. 그래서 장조카 하쿠다가 동행하기로 했다. 백악관의 초대인 만큼 남준도 격식에 맞게 검은 턱시도에 흰 와이셔츠를 차려입었다. 만찬장에 도착했다. 클린턴 대통령 부부는 참석한 모든 이에게 악수를 청했다.

1996년부터 뇌졸중으로 쓰러져 투병 중이던 남준은 금속제 보조기구를 질질 끌면서 클린턴 앞으로 다가갔다. 클린턴이 눈인사를 건네며 손을 내밀자 남준도 악수하기 위해 손을 내밀었다. 그러자 잡고 있던 바지가 아래로 주르륵 흘러내렸다. 순간 팬티도 입지 않은 남준의 알몸이 적나라하게 드러났다. 조카 하쿠타가 당황해 서둘러 바지를 추슬러 주었다.

순간의 일이었다. 클린턴은 갑자기 당한 상황에 어색하게 웃었다. 김대중 대통령도 당황하여 할 말을 잃은 채 바라보았다. 그러나 하반신을 드러낸 백남준은 클린턴의 얼굴을 외면하면서 비장한 표정으로 눈을 내리까는 듯하더니 히죽 웃는 게 아닌가. 이어 남준은 태연하게 옆자리 김대중 대통령과 악수하며 이야기를 나누었다. 마치 아무 일도 없었던 것처럼….

김대중 대통령 왼쪽에는 클린턴 부인 힐러리가 자리하고

있었다. 힐러리의 표정은 몹시 굳어 있었다. 남준이 병에 걸려 반신마비 상태라는 것은 모두가 알고 있었다. 그날의 하체 이탈 사진은 수많은 카메라에 잡혔지만, 언론들은 사진을 한 장도 내보내지 않았다. 남준이 장애의 몸이었기에 배려해 준 것일 것이다.

이 일을 두고 백남준이 병중에 실수한 것인지, 클린턴의 성 추문을 풍자한 퍼포먼스인지를 놓고 여러 억측이 쏟아졌다. 평론계에서는 백남준의 퍼포먼스였다는 다양한 말들이 나돌았다. 때마침 클린턴 대통령이 백악관 인턴사원 모니카 르윈스키와 부적절한 관계가 탄로 나 시끄럽던 때였기에 떠도는 소문은 꼬리를 물고 사방으로 번져나갔다.

"그건 말이야 남준이 클린턴 대통령의 부도덕한 행위를 비꼬는 퍼포먼스였던 거야."

"그렇지! 장난기 많은 남준이 근엄한 권력자들 앞에서 보여 준 희대의 정치 풍자야."

평론가들이 떠들었고 언론은 분분했다. 어떤 기자는 직접 전화를 걸어 의도가 깔린 건지 묻기도 했다. 남준은 아무 말도 하지 않았다. 침묵은 더욱 많은 궁금증을 만들어냈다. 그중 남준의 플럭서스 공연을 잘 아는 가까운 친구들은 한껏 신이 나서 떠들어 댔다.

"역시 백남준은 동양에서 온 테러리스트다"

"위대한 퍼포먼스였어!"

"예술가 백남준이 주인공이고 들러리는 클린턴과 김대중이었잖아."

"보기 좋게 한 방 먹인 거지."

"남준 브라보!"

"남준 브라보!"

그러자 남준이 조용히 한마디 했다.

"백악관 국빈 만찬이라는 게 평생 한 번 가 볼까 말까 하는 건데 이왕 갔으면 해 볼 것은 다 해 보아야지."

2000
비디오 아트에서 레이저 아트로

　남준이 병상을 딛고 일어나자 아니, 아직도 병중인 상태
에서 미국 최고의 박물관 구겐하임으로부터 2000년에 '백
남준 회고전'을 열자는 제안이 왔다. 세계적인 현대미술의
메카로 군림해온 뉴욕 맨해튼에서, 그것도 구겐하임에서
개인전을 연다는 것은 대단한 일이었다. 드디어 백남준이
그 누구도 감히 이의를 달 수 없는 현대미술의 살아있는 전
설임을 알리는 의미였다. 남준은 더없이 기쁘게 이 제안을
받아들였다. 그리고 회고전뿐만 아니라 새로운 장르의 도
전을 선언했다.
　"앞으로 레이저 아트를 시도하려고 합니다. 사각의 모니
터라는 제약으로부터 미디어를 해방시키겠습니다. 레이저
는 광선의 질이 다르니까 눈에 더 신선하고 새롭습니다."
　"당신은 비디오 아트라는 새로운 장르를 창시하고 대중
화시킨 사람인데 왜 새로운 도전을 하려고 하는 것입니
까?"

한 기자가 물었다.

"사과만 먹는 것보다 키위나 망고도 먹어보는 게 더 즐겁고 새롭지 않나요?"

아직 몸이 완쾌되지도 않았는데 개인전을 준비한다는 소식을 듣고 많은 사람이 건강을 걱정했다. 하지만 삶의 끝자락에서 구겐하임의 개인전은 남준에게는 다시없는 기회로 생각되었다. 마음 깊은 곳에서 열정이 활활 불타올랐다. 그래서 아내와 조수들에게 말리지 말라고 말했다.

"구겐하임 전시는 꼭 할 거야. 무조건 해야 하는 일이야. 그러니 안된다는 말은 절대 하지 마."

지금까지 레이저는 대부분 다른 영상을 쏴 주는 역할에 머물렀다. 레이저 자체가 아닌 레이저가 쏴 준 영상, 인간의 얼굴, 풍경 등이 예술이 되는, 즉 예술을 보여주는 역할뿐이었다. 그런데 이번에는 다른 것이다. 레이저 광선 자체가 예술이 되게 하는 것이니까.

이 무렵 남준은 뉴욕에 세계의 스튜디오와 아파트 한 채를 소유하고 있었다. 스튜디오는 뉴욕 현대미술가 중심지인 소호 일대 그린가와 브롬가에 있었고 아파트는 머서가에 있었다. 브롬가 스튜디오는 초창기 비디오 아트 작품들이 제작되었던 곳이고 차이나타운 근처 그랜드가 4층 스튜디오는 드로잉 작품을 그리거나 갤러리 관계자를 만날 때 이용하였다. 반면 그린가의 작업실은 훗날 자신의 작품을 모아놓을 미술관을 만들기 위해 사 둔 것이었다. 이곳에서 레이저 작품을 만들었다.

구겐하임 미술관에서는 전시 컨셉이 회고전인 만큼 이전에 제작한 작품 모두를 보여주자고 하였다. 그러니 새로운 레이저 작품은 물론 과거 작품들도 모두 손을 봐야 했다. 남준은 조수들과 함께 의논에 의논을 거듭했다. 남아 있는 의지와 열정을 모두 쏟아부었다.

아내는 개막식에 입고 나갈 옷을 준비했다. 옷 제작은 마르셀 뒤샹의 손녀이며 색채의 대가 앙리마티스의 증손녀가 맡았다. 세간에는 병중인 남준이 구겐하임 미술관에서 개인전을 연다는 것만으로도 뜨거운 이슈였다. 뉴욕 지하철에는 전시를 알리는 포스터가 수백 장 나붙었고, 길거리에도 전시회 깃발이 나부꼈다. 많은 이들이 궁금해했다. 이번에는 어떤 작품을 선보일까? 그러니 어찌 소홀히 할 수 있겠는가.

제목은 〈달콤하고 우아한〉 이다. 이 작품은 천국을 상징한다. 흰색, 빨간색, 파란색 여러 가지 빛의 레이저 광선이

돔 형의 미술관 천정으로 쏘아 올려졌다. 광선은 오묘한 기하학적 문양을 쉴 새 없이 만들어냈다.

다음 작품은 7층 높이의 천장에서는 진짜 물이 떨어지는 인공 폭포를 설치했다. 쏟아지는 물줄기 사이로 초록색 광선을 쏘아 올려 중간중간 거울을 달아 광선이 꺾이게 했다. 계단 모양이 형성되었다 이 작품에는 〈야곱의 사다리〉란 이름을 붙였다.

바닥에는 기존작품 〈비디오 정원〉이 깔렸다. 그리고 미술관 곳곳에 〈TV 부처〉, 〈TV 스위스 시계〉 등 그동안 발표한 대표작이 전시되었다.

하지만 최고의 관심은 단연 새로 선보인 2점의 레이저 아트 작품과 〈TV 정원〉을 한데 묶은 〈동시 변조〉였다. 회고전이라 하여 옛것만 내보이고 새 작품이 없었다면 어찌 할 뻔했을까. 참 맥없는 전시였을 것이다. 이 전시는 제작비만 300만 달러가 투입된 20세기 최대 규모의 전시회였다. 남준은 이날 아내가 준비해 준 한복을 입고 나왔다. 전시회는 대성공이었다.

남준이 외쳤다.

"나와 당신, 우리가 해냈어."

구겐하임 개인전을 성공적으로 마치자 모든 열정을 소진한 탓인지 정신과 몸 모두 급속도로 사위어 갔다. 추운 겨울이 오자 또다시 마이애미로 피한하기로 했다. 뉴욕의 집은 믿을 수 있는 간호사 겸 집사로 믿고 의지한 스티븐에게 맡기기로 했다. 하지만 마이애미에 도착하여 생활비를 찾으려던 아내는 통장에 잔액이 한 푼도 없다는 것을 확인한다. 잔액뿐 아니라 작품들…. 귀중품들…. 뉴욕에 있는 모든 것이 사라졌다. 스티븐이 가지고 가 버린 것이다. 끝내 그를 찾지 못했다. 남준과 시게코는 믿었던 사람에게 상처받고 크게 절망하였다.

2006
마지막 날

그리고 2006년 1월 29일 미국 플로리다주 마이애미의 아파트에서 남준은 74세로 아내와 영원히 작별했다. 세상과도, 자기 삶과도, 작품들과도…. 유해는 한국 삼성동 봉은사에 안치되었고, 일본, 미국, 독일에도 분산되어 봉안되었다.

믿었던 스티븐에게 배신당한 뒤로는 부쩍 고향이 그리웠다. 시력과 청력도 점점 나빠져 갔다, 남준은 오른손만으로 피아노를 쳤다. '울 밑에선 봉선화야….' 엄마가 노래하고 누나가 피아노를 치던 곡….

평소에도 남준은 한국인은 정적이고 고요한 민족이 아니라고 말했다. 진취적이고, 실험성 강한 민족이며 자신 안에도 만주 벌판을 누비던 기마민족의 유전자가 흐르고 있다고 하였다.

"요즘 부쩍 서울이 가고 싶네. 몸이 아프니까 더 그리워."

하지만 담당 의사는 긴 비행시간은 감당하지 못할 것이라고 서울행을 말렸다. 구겐하임 이후 한국에서도 몇 차례 전시회가 열렸지만, 남준은 참석하지 못했다.

하지만 2004년에는 반신불수의 몸을 이끌고 소호에 있는 스튜디오에서 〈존 케이지에게 바치는 헌사〉라는 퍼포먼스를 진행했다. 맏조카가 그 자리를 지켰다. 남준은 피아노를 치다가 조카의 모자와 옷에 하얀 페인트를 칠했고 조카는 노래 부르면서 악보를 찢었다. 노래를 마친 남준과 조카는 피아노를 뒤엎는 것으로 퍼포먼스를 끝냈다.

마지막일지 모르는 공연을 하고 싶었다. 4년 만의 신작 발표 겸 퍼포먼스여서 적지 않은 취재진이 왔다. 한국에서 온 기자가 물었다.

"언젠가 한국에 정착하고 싶으세요?"

"우리 여편네 죽으면….'

그리고 곧

"우리 여편네 여간해서 안 죽어. 비디오 아트를 하는데 나 때문에 맘껏 못해서 미안해."

4년 만의 공연을 마치고 일상으로 돌아온 어느 날 남준은 아내에게 말했다.

"시게코 난 2012년까지는 꼭 살 거야."

"왜요?"

"그 해가 존 케이지 태어난 지 꼭 100년 되는 해야. 내가 100주년 기념 퍼포먼스를 해 주어야지."

2006년이 밝았다. 마이애미 생활은 평소처럼 편안하게 흘러갔다. 그림을 그리고, 책을 읽고, 휠체어를 탄 채 함께 산책하고, 운동복 차림의 늘씬한 아가씨를 보면

"하이"

하고 인사를 하고….

1월 26일 한밤중 남준은 잠꼬대했다.

'조 존스, 에밀리 하비, 알 로빈스….'

플럭서스를 함께한 친구들이었다. 모두 이른 나이에 세상을 떠난 사람들이었다. 아내는 깜짝 놀라 남준을 흔들어 깨웠다.

"친구들 꿈꾸셨어요?"

"나는 모르겠는데…."

그리고 며칠이 지난 1월 29일 이날은 한국과 일본에서는

음력으로 정월 초하루였다. 부부는 평상시처럼 단골 음식점에 가서 아침과 점심까지 먹으며 한가로운 시간을 보냈다. 저녁에는 아내가 손수 장어덮밥을 했다. 동양의 정월 초하루를 기념하는 뜻에서 돌아오는 길 장어를 사 와 남준이 좋아하는 음식을 만든 것이었다. 그날따라 생선이 싱싱하여 그런지 더 맛있는 요리가 되었다.

"맛있어요?"

아내가 물었다.

"응, 아주 맛있어."

그날 남준은 시게코가 만들어준 장어덮밥을 유난히 맛있게 먹고 잠자리에 들었다. 평소보다 이른 시간이었다.

남준은 소리 없이 아내에게 작별 인사를 했다.

"안녕! 시게코, 오늘의 장어덮밥은 정말 최고였어. 내가 결혼할 수밖에 없도록 해 준 거 고마워하고 있는 거 잘 알지?"

남준이 죽고 난 뒤 한 언론사는 이런 기사를 실었다.

"인류 최초의 화가와 조각가가 누구인지는 아무도 알 수 없다. 그러나 비디오 아트의 창시자는 누구인지 확실하다. 백남준, 그야말로 비디오 아트의 아버지이자. 조지 워싱턴이다."

2008
오래 사는 집

일반의 장례식과는 좀 다른 장례식이 끝나고 남은 문제
는 유골을 어디에 안치해야 하느냐 하는 것이었다. 많은 사
람이 고향에 보내주어야 한다고 말했다. 그러나 곧 백남준
의 고향이 어디인가가 문제였다. 태어난 한국인가? 예술에
관한 공부를 하고 예술가의 삶을 시작한 일본인가? 명성을
얻게 된 독일? 본격 예술인의 삶을 살고 생을 마감한 미국?
　고심 끝에 내린 결론은 백남준은 그냥 세계인, 따라서 한
국, 일본, 독일, 미국 모두가 고향이라는 것이었다. 그래서
화장하여 재로 변한 유골을 한국, 일본, 독일 그리고 미국
에 나누어 안치하기로 했다.

　남준 유골은 49재를 앞둔 3월 15일에 한국에 도착하여
서울 강남구 삼성동 '봉은사 법왕루'에 모셔졌다. 그리고
2006년 8월 한국의 경기도 용인에 '백남준 아트센터'가 착
공되었다. 이 일은 남준이 살아 있던 2001년에 경기도 측

과 논의된 일이다. 건물 설계는 국제적인 공모를 통해 당선된 독일 건축가 키르스텐 쉐멜과 마리나 스탄코빅이 맡았다.

2008년 완공되어 일반에게 공개되었다. 아트센터의 이름은 생전에 남준이 원했던 대로 〈백남준이 오래 사는 집〉이다.

백남준이 쓴 유서

어떻게 죽을 것인지는 내가 선택한다. 네덜란드는
안락사법을 허용한다. 멕시코도 그렇다고 들었다. 나는
무엇보다 깨끗하며 나의 첫 작품 〈TV 부처〉를 사준
네덜란드에서 마지막 날을 보내고 싶다.
내가 만약 유언을 남기지 못하면 비행기에 태워
암스테르담으로 보내달라.
내 생애 마지막 날 듣고 싶은 음악은 아직 정하지 못했다.
마지막으로 내게 유산으로 남겨줄 재산이 있다면….

제2부 백남준의 사람들

백남준의 스승

아널드 쇤베르크

남준은 중학교 시절 신재덕, 이건우, 김순남 등의 음악선생들로부터 아널드 쇤베르크에 대하여 배우게 되었다. 어느 날 선생님은 남준에게 쇤베르크 음악을 들려주었다. 처음 들어 보는 곡이었다. 지금까지 알고 있던 어떤 음악과도 달랐다. 그 음악은 베토벤이나 슈베르트처럼 잘 정리된 선율이 아니었다. 멜로디는 부서져 있었고, 소리는 듣기에 불쾌한 소리였다.

'이것도 음악일까?' 선생님은 쇤베르크가 규정에 갇혀 있지 않고 새로운 음악을 추구한 인물이라고 설명해 주었다. '새로운 음악'이라는 말만 기억에 남았다. '그렇지. 누구나 다하는 것은 별 재미가 없지.' 이후 남준은 생을 마감할 때까지 '새로움'을 찾아 나아가게 되었다.

쇤베르크는 단순한 음악가가 아니라 서양 음악사에서 고질적 계급을 소멸시킨 전위예술가이며 음악을 소리 개념으로 확장 시킨 인물이다.

　이렇게 만난 쇤베르크로 동경대학에서 졸업 논문을 '아
널드 쇤베르크 연구'로 썼다.

존 케이지

존 케이지는 남준 스스로 평생 스승으로 모신 사람이다.

존 케이지를 처음 만난 곳은 독일 다름슈타트라는 도시에서였다. 이 도시에서는 해마다 '신 음악 페스티벌'이 열렸는데 남준은 그 공연에 가게 되었다.

존 케이지와의 만남은 단언컨대 남준 음악의 대전환기가 된다. 존 케이지는 남준에게 음악은 정해진 옥타브라는 제한된 음역 속에 갇혀 있어서는 안 된다고 말해 주었다. 심지어 소음까지도 음악 속에 포함할 수 있을 때 음악의 진정한 의미를 갖게 된다는 사실을 알게 해 주었다. '아, 이것은 쇤베르크 정신이 아닌가.' 쇤베르크를 동경하면서도 음악에 적용해 볼 생각은 아직 하지 못하고 있던 때였다. 존 케이지를 만난 후부터 남준은 독자적인 음악 세계를 갖추어야겠다는 의지가 생겼고 과감하게 밀어붙였다. 그리하여 '동양에서 온 테러리스트'라는 별명을 갖게 된다.

존 케이지는 이런 말을 했다.

'우리가 어디를 가건 우리의 귀에 들리는 것은 대부분 소음이야. 소음을 귀찮아 한다면 소음은 우리를 괴롭히지. 만약 우리가 그것을 주의 깊게 들으려 한다면 소음이 얼마나 환상적인가를 드디어 알게 되지. 소음이야말로 경이로운 음악인 것이야. 가장 자연적인….'

얼마나 멋진 말인가. 존 케이지는 남준의 공연 바이올린을 5분 동안 서서히 들어 올려 순간 내리쳐 부숴 버리는 〈바이올린 독주〉를 비롯하여, 피아노를 때려 부수는 공연, 자신의 넥타이를 잘라버리는 공연 등에 매번 용기와 응원을 아끼지 않았다. 병이 깊어 몸을 굽힐 수 없어 택시를 타지 못하는 상태에서도 버스를 타고 남준의 공연을 찾아주었다.

어느 해인가 남준이 몇 푼 안 되는 저작권료를 전하려 존 케이지를 찾아간 적이 있다. 저작권 봉투에 'Royalty 저작권료'라는 말 대신 'Loyalty 충성'이라고 써서 주었다. 존 케이지는 웃었다. 존 케이지는 한 인터뷰에서 사람들이 '백남준의 스승'이라고 하는 말에 다음과 같은 말을 남겼다.

'좋은 예술가에게는 스승이 따로 존재하지 않는다. 예술가에게는 언젠가는 개발될 잠재력이라는 게 있으며 문제는 그것을 일찍 또는 늦게 개발하게 되는데 내가 백남준에게 한 일이

라고는 그의 상상을 좀 더 일찍 실천하게 한 것뿐이다.'

맞는 말이다. 남준이 쇤베르크의 음악을 통해 소년 시절 '음악은 아름다운 것이어야 한다.'라고 생각했던 고정 관념을 버릴 수 있었던 것처럼, 존 케이지의 음악 세계를 접하면서 자기 생각을 더 과감하게 실현할 수 있는 용기를 얻었으니까 말이다. 하지만 남준은 이런 말을 했다.

'내가 필요한 때에 이들을 접하지 못했더라면 나는 평범한 작곡가, 연주가로 남게 되었을 것이다.'

이 훌륭한 스승님의 작고 소식을 남준은 1993년 대전 엑스포에서 '월광 정보 고속도로' 작품을 제작하고 있을 때 날아든 한 통의 전보로 알게 됐다. 존 케이지가 죽었다는 내용의 전보였다.

존 케이지는 70살에 남준에게 이런 말을 했다.

'내가 죽는 날 나는 건강할 거야.'

하지만 그가 죽는 날 그는 건강하지 않았다. 남준은 그의 추모사에 이렇게 썼다.

'케이지는 완전히 악마로 돌변해 정원에 모래를 던지듯 청중의 머리에 음악을 던졌다. 장식적인 효과나 오락, 완성미 같은 것은 찾아볼 수가 없는…. 도저히 이해할 수 없는…. 이런 케이지의 기질이 바로 내가 감탄하는 부분이다. 그를 따르는 수많은 제자와 젊은 친구들은 케이지의 세례를 받고 나서 더 선별적이며 미학적으로 변했다. 나도 마찬가지다. 유독 케이지만이 너절한 것들을 뱉어낼 용기와 신념이 있었던 것이다.'

이 외 남준의 선생님들은 일본 도쿄대학에서의 미학교수 타카우치 토시오, 음악교수 노무라 요시오, 작곡 교수 모로이사부로 그리고 독일의 포르트너 교수 등이다. 그중 노무라 요시오 교수는 기독교인이며 한국의 독립을 지원한 평화주의자였다. 또 남준이 존경하는 인물로는 아인슈타인이다. 남준은 아인슈타인 조각작품도 만들었다.

친구들

조셉 보이스,

친구 조셉 보이스는 독일 예술가의 거장이다. 남준의 공연에서 남준보다 먼저 피아노를 때려 부수기도 했다. 남준과 조셉 보이스는 뒤셀도르프에서 바이올린을 때려 부수는 퍼포먼스에서 처음 만났다. 〈바이올린 독주〉라는 공연을 할 때였다. 바이올린을 내리쳐 부수려는 순간 관중석에서 누군가가 '바이올린을 살려줘' 하고 소리쳤다. 갑자기 관중석이 술렁이자 또 다른 관중이 '공연을 방해하지 마.'하고 소리치고는 소란 피우는 관중들을 내쫓아 버렸다. 바로 조셉 보이스였다. 그를 계기로 조셉 보이스와 남준은 각별한 친구이자 예술적 동지가 되었다.

조셉 보이스는 플럭서스 활동을 하면서 뒤셀도르프 대학(아카데미)에서 교수로 재직하고 있었다. 그런데 학생들이 학내 문제로 데모하였는데 이들을 격려하고 고무시켰다는 이유로 대학에서 쫓겨나게 되었다.

이때 어찌 된 일인지 대학 학장이 남준에게 조셉 보이스 후임으로 와 달라고 부탁하는 것이었다. 남준은 당시 형편이 어려웠던 터라 수락하고 싶었지만, 친구가 쫓겨난 자리에 간다는 것이 마음에 걸렸다. 그래서 그를 찾아가 의논했다.

"너의 제안은 고맙지만, 나는 바쁘기도 하거니와 그런 대학에는 흥미가 없다네."

그때 그는 확실하게 자기 의사를 전해 주었다. 남준은 가벼운 마음으로 수락하여 교수직을 얻을 수 있었다. 조셉 보이스와 남준은 이후에도 수많은 작품을 함께 무대에 올렸다.

세월이 흘러, 남준은 비디오 예술가 선두주자로 제법 유명해졌다. 우주 중계 쇼〈굿모닝 미스터 오웰〉를 통해 한국에도 알려지게 되었다. 그러자 1986년 한국에서 열리는 아시안 게임 조직 위원으로부터 프로젝트 제안이 왔다. 남준은 이 행사에 조셉 보이스와 함께 신나는 굿판을 벌일 계획이었다. 하지만 그는 제안에 응할 수 없었다. 그가 죽었기 때문이다. 남준은 조셉 보이스의 건강이 좋지 않은 것을 이 굿으로 치유해 볼까 하는 생각이었다. 과학적이지는 않더라도 친구를 위한 기원의 마음은 충분히 담을 수 있기 때문이었다. 남준의 계획은 무산되고 그는 돌아올 수 없는 곳으로 갔다.

조셉 보이스는 생전에 자신한테 걸려 온 전화는 직접 받는다는 신조가 있었다. 죽음을 앞둔 말년에도 전화는 끊임없이 걸려 왔다. 돈 달라는 사람, 강연회 와 달라는 사람, 전시 개막식 와 달라는 사람, 공짜 사인 해 달라는 사람, 5분마다…. 남준은 조셉 보이스가 이런 인간들에 짓눌려 생매장되었다고 생각한다.

조셉 보이스가 죽은 5년 뒤 남준은 결국 그를 위한 굿 마당을 마련하였다. 한국의 현대화랑 뒷마당에서 〈보이스 추모 굿 1990〉이라는 추모제를 거행하게 된 것이다. 이때 남준은 직접 갓을 쓰고 두루마기를 입고 등장하여 진행을 주도했다. 그런 모습을 보고 사람들은 '백남준에게 무당의 신기 같은 게 있다.'라고 했다. 바이올린을 내려치고, 피아노를 때려 부수고, 구두에 물을 담아 마시고, 머리카락에 먹을 묻혀 글을 쓰고, 무대 위를 뛰어다니고, 샬롯 무어만과 전위적 공연을 펼치던 것이 바로 신기라는 것이다. 신기가 정말로 있었는지는 모르지만, 조셉 보이스 추모 굿에서 4시간 동안 진지하게 굿판을 벌였다. 사자에게 주는 밥그릇을 피아노 위에 올려놓기도 하고, 조셉 보이스의 사진에 쌀을 뿌리기도 했다. 이날 굿판에는 500여 명이 모여 지켜보았고, 프랑스 방송국에서 촬영해 전역에 방송했다. 그런데 희한하게도 굿이 멈추자 거센 바람과 굵은 빗방울이 떨어졌고, 관중들이 돌아가는 시간에 맞추어 천둥 번개가 쳐 마당 한가운데 있던 나무가 벼락을 맞았다. 주변의 건물에 전기가 나가기도 했다. 정말 신기가 발동한 것일까? 사람들은 그날의 일을 우연이라 치면 너무 절묘한 우연이라고 했다.

남준은 실제로 어렸을 적에 집안에 큰일이 있으면 어머니가 무당을 불러 굿을 하고, 신년이 되면 점을 치러 다녀오던 모습을 보고 자랐다. 그래서인지는 모르겠지만 남준은 한국의 무속은 신과 인간을 연결해 주는 소통의 방법이라고 생각했다. 커뮤니케이션으로 본 것이다. '점과 점을 이으면 선이고, 선과 선을 이으면 면이고, 면과 면이 만나면 오브제가 되고, 결국 오브제가 세상이 되는 게 아닌가?' 하는 것이 남준의 생각이었다. 신과 인간을 연결해 주는 한국의 무속은 따지고 보면 세상과의 소통의 시작이라는 것이었다.

조셉 보이스는 독일에서 만나 평생 예술의 길을 함께 걸어온 남준의 동료다.

샬롯 무어만

샬롯 무어만은 1964년 뉴욕에서 있었던 '제2회 아방가르드 페스티벌'에서 처음 만나 예술파트너가 된 여성 예술가이다. 1967년에는 남준이 제안한 누드 공연을 하다가 체포됐고 유죄 판결을 받았다. 남준이 샬롯 무어만을 상대로 이 같은 공연을 시도한 까닭은 음악이란 장르에만 성행위가 표현되지 않는 것은 위선적이란 생각 때문이었다. 남준은 당시만 해도 미국 사회에서 기행을 일삼는 B급 예술인 취급받고 있었다. 그런 남준의 예술파트너가 되어준 사람이 바로 샬롯 무어만이다.

1965년에는 장자크 르멜이라는 큐레이터가 몽파르니 미국 문화원에서 열었던 〈자유로운 표현 페스티벌〉에서도 둘은 퍼포먼스를 했다. 1960년대는 서양에서도 나체 공연은 허용 불가이던 시대였다. 그런 시대에 남준은 샬롯 무어만에게 '투명 이브닝드레스 코드'를 제안하였다. 누구나 할 수 있는 것을 하는 것은 진보적이지 않다. 남준은 언제나 한발 앞서 보여주는 것을 원했고 샬롯 무어만은 이를 흔쾌히 받아 주었다. 투명 이브닝드레스라는 것은 나체에 속이 다 비치는 셀로판지로 만든 이브닝드레스를 제작하여 입고

공연하는 것이었다. 샬롯 무어만의 협조로 계획대로 공연
을 마칠 수 있었다.

샬롯 무어만과 남준은 1965년 유럽 순회공연을 통해 명
성을 더욱 드높였다. 샬롯 무어만과의 일화는 아주 많다.
그중 재미있는 일은 한 공연 중에 그녀가 무대에서 잠들어
버린 것이다. 깨워 보았지만, 소용이 없었다. 흔들고, 소리
치고…. 자는 그녀를 뒤집어엎어 보고…. 깨우기 위해 10분
넘게 그야말로 무대 위에서 '쇼'했다. 그런데도 이상하게
그녀는 잠에서 깨지 않았다. 남준은 지쳐 깨우는 것을 포기
해 버렸다. 그래서 혼자 피아노를 연주하는 척하다가 찌증
이나 피아노에 엎드려 자 버렸다. 그녀와 몸 씨름을 하여
피로가 몰려왔기 때문이다. 한참 자다가 깨어나도 그녀는
여전히 자고 있었다. 남준은 화가 나서 될 대로 되라고 아
예 무대에서 내려와 방에 가서 자버렸는데 관객들은 그게
설정인 줄 알고 잠시 감상하다가 다른 방으로 이동하는 순
서 아닌 순서를 밟고 있었다는 것이다. 나중에 알고 보니
샬롯 무어만이 불안해하여 스태프가 공연 직전에 강한 진
정제를 먹였던 것이었다. 그녀는 2시에 일어나 혼자 멋지
게 연주를 마쳤다고 한다.

1996년에는 다른 도시로 장소를 옮겨 공연하기 위해 스

태프 전원이 이동해야 하는 일이 있었다. 남준은 짐을 챙겨 먼저 떠나고 샬롯 무어만은 다음 열차를 타고 약속한 장소에서 만나기로 했는데 기차를 잘못 탄 것이었다. 서너 정거장 가서 이를 깨달은 그녀는 막무가내로 기차를 세워 거꾸로 가게 하였다고 한다. 출발한 기차가 되돌아온 사례는 전무후무한 일이었다. 그녀의 말에 의하면 그때의 상황은 말 그대로 가관이었다. 그녀는 기차를 잘못 탄 것을 알고 큰일 났다 싶어 출입문으로 가 비상시 수동으로 작동하는 손잡이를 강제로 작동시켜 기차를 세웠다는 것이다. 승무원이 달려오자 사정을 얘기했지만 통할 리가 없었다. 그래서 자신이 누구이며, 무슨 일을 하는지, 다음 공연이 얼마나 중요한 건지 영어로 막 떠들어 댔고 그래도 통하지 않자 그동안 매스컴을 탄 공연 사진과 다음 공연 포스터와 티켓을 보여주며 대성통곡 난리 난리를 쳤다는 것이다. 도저히 말릴 수 없다고 생각하게 되자 승무원들은 비상 사고로 정리하여 열차를 돌렸다고 한다.

샬롯 무어만과 남준의 동반관계는 이후에도 계속되었다. TV 예술에서도 〈TV 첼로 연주〉, 〈TV 브래지어〉 등 그녀는 남준의 제안을 모두 받아 주었다. 남준에게 그녀는 그야말로 행운을 가져다주는 여성이 아닐 수 없었다. 독일 뮌헨대학 시절 음악을 전공할 때 그렇게 존중하던 〈리만 사전〉을 출판하는 출판사에서 활동사진을 보내달라는 제안이 왔을 때 남준은 샬롯 무우만과의 작품을 모두 보내 사전에 실렸다. 그녀도 함께 실려 유명해진 것이다. 그런데도 그녀는 아무도 알아보지 못할 정도로 늘 겸손했다.

샬롯 무어만은 유대계 여성이었고 남편 프랭크 필리지는 이런 예술 활동을 응원하는 사람이었다. 그녀는 29살에 암 수술을 받았다. 남준도 도왔지만, 동료이며 남편인 플랭크 필리지의 도움에는 비할 바가 아니었다. 그녀는 죽음을 앞둔 몇 시간 동안 내내 플랭크에게 '고마워요, 고마워요.'하고 말했다.

남준은 샬롯 무어만이 음악적 재능, 용기, 미모, 예술가의 섬세한 기질까지 모두 갖춘 인물이었다고 말한다. 그녀는 유방암으로 남준보다 앞서 세상을 떠났다.

크리스토 자바체프

남준이 독일에서 유명해진 맨 처음의 요인은 피아노 4대를 가지고 있었다는 것 때문이었다고 한다. 피아노는 당시엔 서양에서도 고가였는데 가난한 나라에서 온 예술가가 피아노를 4대씩이나 가지고 그 사이에서 잔다는 소문이 음악계에 돌아 음악인들이 그를 모두 알게 되었다나.

남준이 크리스토를 처음 만난 것은 1961년 갤러리 바우어마이스터에서였다. 당시 남준은 29살, 크리스토는 24살이었다.

크리스토는 불가리아 출신의 가난한 예술가로 사회주의 체제를 피해 부퍼탈에 머물면서 꿈을 키우고 있었다. 어느 날 남준은 친구인 크리스토의 전시장에 갔다. 그런데 자기 피아노가 작품이 되어 전시되어 있었다. 벤저민 피서스라는 친구에게 빌려준 피아노가 그곳에 있는 것이었다. 피아노 두 대가 광목으로 칭칭 감겨 있었고, 다리와 몸통에 흰색 페인트로 칠이 된 채로 전시되어 있었다. 크리스토의 '오브제 싸기' 퍼포먼스에 사용되었던 것이다.

남준은 기분이 좀 안 좋았다. 피아노를 빌려 간 사람이

나, 빌려다 사용하는 사람이나 주인에게 의논은 해야 하는 게 아닌가. 아무튼 전시가 끝난 후 돌려받아 천을 풀었지만 하얀 페인트는 아직도 묻어 있다. 지금은 '비엔나 현대미술관'에 전시되어 있다. 흰 페인트가 묻어 있는 채로….

크리스토는 후에 프랑스로 건너가 누보레알리즘[1]의 주요 작가로 활동하였다.

남준은 언젠가 한 잡지사에서 에세이 한 편을 써 달라는 제안을 받았다. 그래서 21세기를 넘어 22세기 초 강대국은 불가리아가 될 것이라고 썼다. 아날로그 시대에서, 전자 고속의 시대를 넘어 앞으로는 정신의 시대 즉, 심령의 시대가 올 것으로 생각했기 때문이다. 그래서 예로 든 나라가 불가리아이다. 불가리아에는 집시들이 가장 많고 그들의 심령력 지수 덕분에 불가리아가 미래 강대국이 될 것으로 생각했다. 여기에 남준의 친구 불가리아 심령가 집안의 아들 크리스토를 지목하여 다음과 같이 썼다.

---

1 누보레알리즘 : 1960년대 초 파리를 중심으로 일어난 전위적 미술운동

'세계적으로 유명한 불가리아 친구 '크리스토'가 앞으로는 레오나르도 다빈치, 조지 워싱턴을 합한 만큼이나 존경받게 될 것이다.'

평생의 동반자

예술 의사, 슈야 아베

슈야 아베는 TV 예술을 하기 위하여 1963년 일본으로 갔을 때 만난 TV 전문 엔지니어이다. 행위예술가에서 비디오 예술가로 전향하기 위하여 일본에 갔을 때 남준에게 꼭 필요한 분야가 전자 전문 기술이었다. 그래서 지인인 우치다 씨에게 작업을 함께할 전자전문가 소개를 부탁했고 슈야 아베를 알게 되었다.

슈야 아베는 과학자이면서도 예술에도 조예가 깊어 '다다이즘' '아방가르드' 같은 진보 예술에 관심이 많은 사람이었다. 그래서 플럭서스 활동가인 남준과 금방 통하는 사이가 될 수 있었다. 슈야 아베와 맨 처음 만난 곳은 아키하바라라는 곳의 상가 2층 '우치다 라디오 숍'이라는 가게에서였다. 남준은 TV, 라디오와 같은 전자기기에 관하여 몇 가지를 물었고 가게 아저씨 우치다씨가 소개해 준 카페로 가 계속 이야기를 나누었다. 카페 이름은 재미있게도 '코로

나'였다. 아베는 남준을 이미 알고 있다고 말했다. 공연 홍보 기사를 보았고, 유럽에서의 명성도 매스컴을 통해 알고 있다는 것이었다.

"신문 방송에서는 나를 미친놈이라고 보도하는데, 나에 대해 어떤 점을 알고 있나요?"

아베는 웃으며 대답했다.

"독일의 뒤셀도르프에서 바이올린을 테이블에 올려놓고 칼로 종이를 베듯 한순간에 쫙! 베었다는 기사를 읽었어요."

"하하하!"

"어떻게 그럴 수 있죠? 기술이 아주 대단하십니다."

"그건 내 기술이고, 난 선생님의 기술이 필요해요. TV 화면을 자유자재로 조정 할 수 있는 진짜 기술이요."

둘은 많은 이야기를 나누었다. 남준이 장난기가 좀 많아 그런지 아베는 남준의 이야기가 재미있다고 했다. 남준은 우치다 씨에게 들어 아베에 대한 능력을 이미 알고 있었다.

슈야 아베와 처음 작업한 것은 로봇〈K456〉을 만드는 일이었다. 남준은 걷고, 말하는 로봇을 만들고 싶었다. 그래서 아베와 함께 전자 회사와 연계하기 위해 알아봤다. 돈이 아주 많이 필요했다. 당시 웬만한 건물 5, 6채를 지을 수 있는 큰돈을 준비해야 했다. 그렇게 큰돈을 마련할 수 없었던 남준은 회사에 의뢰하는 작업을 포기하고 혼자 만들기로 결심하였다.

필요한 자재를 사들이고, 쇠붙이를 절단하고, 연결 조립하고 하면서 작업실로 내준 형님 집을 망가뜨리기도 했지만, 결코 쉬운 일이 아니었다. 구멍을 뚫거나 조립하는 일을 지켜보던 형님은 남준의 기술이 엉성하게 보였는지 스스로 팔을 걷어붙이고 도와주었다. 로봇은 1년여의 세월이 걸려 겨우 형체를 갖추었다. 아베는 남준이 묻는 부분에 대하여 조언을 하며 지켜보았다. 드디어 최초로 로봇을 작동시켜 보는 날이었다.

"로봇이 너무 깔끔하고 예뻐. 이건 내가 원하는 것은 아니야."

"너덜너덜한 로봇을 만드는 것이 더 어려워요."

완성된 로봇의 자리를 정하여 세우고 준비를 마쳤다. 드디어 작동이다.

"하나, 둘, 셋. 작동 큐!"

하지만 첫 로봇은 시운전과 동시에 산산조각이 나버렸

다. 1년의 수고가 헛되게 되어 버렸지만 남준은 포기하지 않았다.

"내 힘만으론 도저히 안 되겠어요. 아베 도와줘요."

아베의 도움으로 로봇 만들기가 다시 시작되었다. 아베는 부품부터 싹 바꾸었다. 로봇의 기능은 남준의 아이디어였고, 그 아이디어가 실현될 수 있도록 뼈대를 만들고, 조립하고, 기계적인 강도를 높이고, 전선을 배치하여 작동하게 만드는 것은 아베가 맡았다. 남준은 깔끔하고 반듯한 로봇보다는 너덜너덜한 로봇을 만들어야 한다고 말했는데 아베는 그런 로봇을 만드는 것이 더 어렵다고 했다.

어쨌든 둘은 로봇을 완성했고 〈K456〉이라고 이름을 붙여주었다. 이 로봇은 입과 배꼽이 있고 콩으로 된 똥을 배설할 수 있었다. 혼자 걸을 수 있고, 소리를 낼 수 있었다. 남준의 공연에서 무대 위를 시끄럽게 떠들며 돌아다니고, 욕을 해대는 역할을 맡았다. 후에 뉴욕으로 가지고 가 크게 인기를 얻는다.

이렇게 아베는 남준의 작업에 기술적인 부분을 담당해주는 동반자가 되었다. 이후 둘은 〈K456〉 이후 와타리 미술관의 주선으로 더 근사한 〈K567〉도 만들었다.

아베와 남준은 합작품으로 여러 전시에 참여하였고 비디

오 신시사이저도 같이 제작하였다. 아베는 이렇게 긴 세월 남준의 과학 기술을 활용한 예술 작업에 큰 도움을 주었다. 그래서 남준은 아베에 대한 감사한 마음을 '나에게는 세상에서 가장 위대한 의사 아베'라는 글에 남겼다. 그 글에 아베가 1964년, 1970년, 1984년 그리고 1991년 큰 병을 치료하듯 자신을 구해주었다고 썼다.

1964년에는 산산조각이 난 로봇을 치료하여 구해주었고, 프랑스 퐁피두 센터에서 전시되었던 〈달은 가장 오래된 TV〉가 작동이 되지 않았을 때 의사처럼 고쳐 주었고, 닉슨의 얼굴을 비틀어 버리는 영상, 댄싱 패턴이 의도대로 나와 주지 않았을 때 아베가 처리해 주어 작품을 완성할 수 있었던 것이다.

TV 예술은 모니터의 모양만으로 이루어지는 게 아니다. 전파를 타고 오는 방송을 잡아 보여주는 게 아니라 빛, 영상, 음향이 모두가 모니터에 나타나 효과를 보는 것이다. 그래서 TV 예술 초창기에는 튜너가 하는 일, 라인을 입력하는 일 모두 만들어 활용해야 했다. 그러기 위해서는 내부를 대거 개조해야 한다. 그 일에 전자 기술자의 도움이 필수이다.

아베는 이런 부분에 기술이 없어 앞으로 나아가지 못할

수도 있는 일을 해결해 준 남준에게는 '세상에서 가장 위대
한 의사'였다.

아내, 구보타 시게코

남준이 시게코를 처음 만난 것은 1964년 5월 29일이었다. 동경대 출신 유명 행위예술가 귀국 공연에서 피아노를 부수고, 머리로 그림을 그리고, 구두에다가 물을 담아 꿀꺽꿀꺽 마시고 한바탕 쇼를 펼치고 난 뒤 공연을 관람한 시게코를 만나게 된 것이다. 시게코의 소감은 공연 내내, 마치 폭풍이 지나간 것처럼 긴장이 되었다고 했다. 자리를 뜰 수 없는 흥분 상태의 기분을 그녀는 이렇게 말했다.

'저 남자의 광기는 어디서 나오는 걸까? 세상의 모든 것을 뒤집어엎을 듯한 저 도발은? 저 사람 안에는 새로운 세계가 들어있구나. 이제껏 본 적도, 들은 적도 없는 아주 낯선 세계가…'

당시 시게코는 다다이즘에 심취한 미술학도였다. 당연히 남준의 공연은 시게코의 마음을 사로잡기에 충분했다. 시게코는 공연이 끝나자 친구들과 무대 뒤편으로 가 남준을 기다리고 있었다.

"공연 잘 보았어요. 우리랑 차 한잔하러 가실래요?"

남준은 정리 후 나가겠다고 했다. 시게코는 바쁜 일정에
거절할 줄 알았는데 청을 받아 주어 기뻤다고 했다. 남준은
공연장 정리를 끝내고 그녀들이 기다리는 카페로 갔다. 그
렇게 한 예술가와 관람객의 관계로 첫 만남 이후 남준은 다
시 뉴욕으로 갔다.

시게코와 본격 연인이 된 것은 뉴욕에서 플럭서스 활동
을 할 때였다. 시게코는 남준의 공연을 본 후 남준과 같은
예술가가 되고 싶어졌다. 그래서 남준이 있는 뉴욕으로 가
야겠다고 생각했다. 그때 남준은 뉴욕에서 활동하고 있었
고 시게코는 고향에서 미술 교사로 근무하고 있었다. 시게
코는 뉴욕으로 가기 위해 아버지에게 결혼자금으로 준비해
둔 돈을 달라고 했다. 그리고 뉴욕으로 가 플럭서스 단원이
되었다. 두 사람은 그곳에서 다시 만났다.
시간이 흘러 시게코가 플럭서스 단원으로 손색이 없는
역할을 해내자 단체를 이끌어 가던 샬롯 무어만이 시게코
에게 플럭서스 부회장이 되어 달라고 부탁했다. 시게코가
이를 수락하면서 남준과 시게코는 연인 사이가 된다. 둘은
가난한 예술가로 외국인 노동자들이 사는 허름한 아파트에
서 살았다. 시게코와 첫사랑을 나눈 것은 시게코가 유도하

여 시게코의 방에서 이루어졌다.

하지만 당시 남준의 예술파트너는 누가 보아도 샬롯 무어만이었다. 시게코는 남준과 샬롯 무어만이 유럽 순회공연을 다니는 동안 연인으로서 외로움을 느꼈다. 시게코는 솔직히 벌거벗은 샬롯 무어만이 나오는 두 사람의 공연을 못마땅해했다. 예술이란 이름 아래 여성의 성을 이용한 추잡하고 가벼운 눈요기에 지나지 않는 일을 하는 것 아니냐는 생각에서였다. 또 자신보다 샬롯 무어만에게 더 끌리는 건 아닌지 하는 생각으로 힘들어했다.

그러던 어느 날 시게코가 말했다.

"데이비드가 결혼해 달래요. 그와 결혼할까요?"

남준은 잠시 고민했다. 그리고 대답했다.

"데이비드와 결혼 해. 난 결혼 같은 것과는 맞지 않는 사람이야."

결혼할 계획이 없는 자신이 시게코를 잡아 두는 것은 안된다는 생각이었기 때문이었다.

시게코는 남준과의 동거생활을 접고 데이비드와 결혼했다. 데이비드와 남준은 독일에서 함께 공부한 사이였다. 시게코는 데이비드와 결혼을 하면서 '사랑은 더 많이 좋아하는 사람이 지는 게임.'이라는 생각을 했다고 한다.

결혼식은 존 케이지 후원자인 '안드레 윌리엄'이 존을 위해 지어준 집이 있는 존 케이지 마을 코뮌에서 올렸다. 데이비드가 거기 살았기 때문이었다. 코뮌의 주민들은 존 케이지 예술가들인 지인들로 구성되었고 작은 농토를 일구어 자급자족하며 살았다. 주민들은 근처 폭포에 가서 알몸으로 물놀이를 하고 놀았다. 자유 그 자체였다. 하지만 시게코는 그런 생활에 금방 무료해졌다. 농작물을 가꾸어 자급자족하는 단순한 생활도 무의미해져 '내가 여기서 뭐 하고 있지?' 하는 생각이 들기도 했다. 특이 데이비드 아버지는 백만장자가 된 후에도 시커멓게 변한 바나나만 먹는 사람이었고 일본을 유난히 싫어하는 유대인이었다. 게다가 데이비드는 마마보이 같은 사람이었다. 어느 날 시댁의 행사에 갔는데 시아버지가 시게코 앞에서 '독일 놈이나 일본 놈이나 다 전쟁에 광분한 몹쓸 민족'이라고 대놓고 말했다. 시게코는 얼굴이 화끈거리고 억울했다. '2차 대전 때 나는 어린아이였다. 그런데 그런 수모를 겪다니….' 시게코는 울면서 자리를 박차고 나왔다. 그리고 이혼했다.

남준이 1969년부터 미국 서부 캘리포니아예술 대학의 교수로 있을 때였다.

시게코에게서 전화가 왔다.

"남준 나예요. 시게코."

"여어, 시게코 잘 지냈어?"

"나 당신이 있는 캘리포니아로 가겠어요."

"뭐라고? 당신은 데이비드와 결혼했잖아?"

"했지요. 하지만 지금은 아니어요. 이혼했어요."

남준은 놀라 잠깐 아무 말도 할 수 없었다. 시게코가 말했다.

"나는 당신과 결혼하고 싶었어요. 당신도 그걸 잘 알잖아요? 그런데 당신이 들어주지 않아서 못한 거예요. 그러나 이젠 어쩔 수 없어요. 당신은 지금 캘리포니아에 혼자 있고, 나도 이혼해서 홀몸이에요. 당장 당신 곁으로 갈 거예요."

시게코는 갈 곳이 없다고 했다.

"그래. 시게코 마음대로 해."

남준은 캘리포니아의 비행장으로 마중 나갔다. 오랜만에 다시 만나니 웃음이 나왔다. 싱긋 웃으며 맞아 주었다. 마치 엊그제 헤어지고 다시 만난 사람처럼 자연스럽게. 아무것도 묻지 않았고, 시게코도 아무 말도 하지 않았다.

남준은 대학에서 받는 월급으로 생활은 여유가 있었고, 샬롯 무어만이 이탈리아계 남자와 결혼하여 뉴욕에서 머물고 있어 만날 일이 없었다. 시게코와 더없이 안정적인 생활을 누렸다. 남준은 일본에서 만난 비디오 기술자 슈야 아베와 함께 살고 있었다. 평온한 나날이 계속되자 예술가의 본성은 불안해지기 시작했다. 시게코가 먼저 자극했다.

"이곳에서의 생활은 당신의 삶에서 잠깐 휴식한 걸로 해요. 길면 길수록 예술가의 길과는 멀어질 뿐이에요. 당신은 샬롯 무어만과 함께 유럽을 다니며 퍼포먼스 하던 시절이 그립지 않나요?"

"뉴욕에 가서 뭐 해 먹고살 건데?"

"그러면 여기서 선생으로 살다 죽을 거예요? 학교에서 학생을 가르치는 건 창조적인 일이 아니어요. 우리 뉴욕으로 돌아가 다시 창작 활동을 해요."

남준은 다시 예술가라는 이름으로 새로운 도전을 했고 또다시 경제적으로 어려운 시기를 맞게 되었다.

뉴욕으로 돌아와서 처음에는 방도 없는 스튜디오를 얻어 생활했지만, 다행히 WENT 방송국에서 일자리를 주겠다고 제안이 와 일자리를 얻게 되었다. 남준은 예술가의 기질을 발휘하여 화석처럼 굳어버린 방송국 안의 관례와 금기를

무너뜨리는 과감한 시도를 척척 해내 WENT를 진보적인
방송의 대명사로 우뚝 서게 했다. 그러면서 앞길이 순탄하
게 펼쳐졌다.

　시게코는 남준을 처음 만난 이후 홀로 사랑에 빠져버렸
다고 했다. 친한 친구 아키코와의 이야기를 들려주었다.
　"그래서 어떻게 그 남자를 잡을 거니?"
　시게코는 이렇게 대답했다.
　"언젠가 나도 유명한 예술가가 될 거야. 그래서 이 남자
를 꼭 잡고 말 거야. 이 남자는 일본의 엘리트를 배출하는
동경대를 나왔어."
　시게코는 자신이 원하는 일을 이루는 사람이었다. 남준
도 자신이 원하는 것을 이루어가는 사람이다. 둘은 그런 면
에서 서로 잘 맞는다고 생각했다. 이들은 1977년에 결국
결혼했다.

제3부 백남준의 작품들

1. 로봇 <K456>과 <쿠베르탱>

1964년 남준은 일본에서 슈야 아베와 함께 로봇을 만들었다. 이 로봇의 이름은 〈K456〉이다. 팔을 흔들며 걸을 수 있고 마른 콩을 배설할 수 있는 로봇이었다. 20개 채널이 나오는 라디오가 들어있었고, 스피커로 만든 입, 종이 모자, 선풍기 배꼽을 지니고 있었다. 무대에서 걸어 다니고, 욕도 하고, 케네디 대통령의 연설문도 외우는 로봇이었다. 그러니까 오늘날의 AI 로봇의 원조 격이라 할 수 있다. 이 로봇은 1982년 교통사고 퍼포먼스로 죽음을 맞는다. 남준의 기획이었다.

이 외에도 남준이 만든 로봇이 또 있다. 그중 우주인 같은 〈쿠베르탱〉이 걸작으로 알려져 있다. 우리나라 국민체육진흥공단 소속 소마미술관에서 88서울올림픽을 기념하기 위해 남준에게 의뢰한 작품으로 2004년에 제작되었다. 스포츠와 예술이 공통점인 순수하고 열정적 인간형을 표현해보고자 했다는 게 의뢰자 측의 설명이다.

이 로봇의 모델이 된 인물 쿠베르탱은 유럽에서 수없는 전쟁을 지켜보면서 인류가 평화롭게 사는 길은 없는가를 늘 고민했고 그 이유로 '근대올림픽'을 창안해낸 인물이다. 남준도 올림픽 기념 '위성 아트 쇼'〈손에 손잡고〉를 통해 지구촌이 하나가 되는 인류 공동체를 모색하기도 했다. 남준은 이미 뇌졸중에 걸려 작업하기에 불편한 몸에도 포기하지 않고 〈쿠베르텡〉이라는 새로운 명작을 남겼다. 〈쿠베르텡〉은 한국의 소마미술관 야외에 설치되어 있다.

2. 존 케이지에 대한 경의와 피아노 포르테를 위한 습작

존 케이지와의 만남 후 큰 영향을 받은 남준은 예술적 존경의 의미로 1959년 뒤셀도르프의 갤러리에서 〈존 케이지에 대한 경의〉라는 공연을 기획하여 무대에 올렸다.

이 공연은 온갖 소리가 담긴 소리 콜라주를 담은 릴 테이프 틀어놓고, 피아노 연주를 하다가 느닷없이 물건을 집어던지고, 유리를 깨고, 물건을 밀어 넘어뜨리는 등 '소음 총집합 공연'이었다. 존 케이지의 '소음이야말로 진정한 음악.'이라는 주장을 받아들여 실천으로 옮긴 것이다. 후에 이 테이프를 액자에 넣어 〈존 케이지에 대한 경의: 테이프와 피아노를 위한 음악〉이라는 같은 제목의 작품을 남겨놓았다.

릴 테이프에는 클래식 음악부터 일상의 소음까지 녹음해서 편집했는데, 클래식 음악으로는 베토벤의 교향곡 5번, 독일 가곡, 라흐마니노프의 피아노 협주곡 제2번 등이, 비음악적인 소리로는 비명, 유리 깨지는 소리, 금속 상자 속의 돌소리, 수탉 울음, 복권발표와 뉴스, 그리고 장지된 피아노의 소리 등이 녹음되어 있다.

콜라주로 기획한 다음 작품으로는 〈바이올린 독주〉를 퍼포먼스로 연주했다. 바이올린을 천천히 들어 올린 후 순간 내리쳐 부숴 버리는 공연이다. 〈바이올린 독주〉는 바이올린 연주의 방법을 새롭게 제시한 것이다. 바이올린으로 선율 고운 클래식을 연주하는 것이 아니라 바이올린을 부숴 바이올린 스스로 내는 소리를 들려주는 것이다.

그리고 다음 해 쾰른에서 〈피아노 포르테를 위한 습작〉 공연을 진행했다. 동양에서 온 문화 테러리스트의 공연에 많은 사람이 모였다. 당연히 존 케이지도 참석하여 앞줄에 앉아 있었다. 남준은 순서에 의한 퍼포먼스를 진행해 나갔다. 준비된 피아노를 부숴 제 스스로 내는 소리를 들려주고, 아니 보여주고 이번에는 더 강렬한 새로운 작품을 준비했다. 가위를 들고 무대를 내려가 스승 존 케이지 앞으로 가서 섰다. '무슨 일이지?' 하는 생각이 정리되기도 전에 존 케이지 근엄의 상징 넥타이를 '싹둑' 잘라 버렸다. 그리고 옆에 있는 관중의 머리에 샴푸를 들어붓고 쓱쓱 문질러 준 다음 공연장을 나가 버렸다. 관중들은 다음엔 어떤 쇼가 벌어질까 궁금하여 자리를 뜨지 못하고 있었다. '뭐야. 작가는 어디 갔지?' '웅성웅성….' 그때 남준은 공연장으로 전화를 걸어 '여러분 공연은 끝났습니다. 모두 돌아가십시오.'하고 말했다. 이 말은 스피커를 통해 송출되었다.

이 공연 역시 사람들은 생전 처음 대하는 새로운 공연, 기발한 공연, 획기적인 공연으로 평했다.

3. TV 부처

〈TV 부처〉는 남준의 비디오 작품 중 걸작으로 꼽는 작품이다. 작품에 등장하는 소재는 TV 모니터와 부처상, 부처상을 올려놓는 보조대, 그리고 폐쇄회로 카메라가 전부이다. 이 작품은 동양과 서양, 기술과 인간, 인간화된 예술, 카타르시스, 아이러니, 알레고리 등 수많은 미학적 해석을 불러일으켰으며 특히 동양을 상징하는 부처상을 통한 참선(參禪)의 의미가 핵심이어서 서양인들에게 더 큰 영향을 미쳤다고 한다. 남준은 TV는 서양 과학 기술의 상징이며 부처상의 사유 세계는 동양의 세계관을 상징할 수 있다고 보고 이 둘의 조화를 추구했다.

이 작품의 탄생 역시 애초부터 계획된 것은 아니었다. 1961년 남준은 행위예술가의 길을 포기할 생각이었다. 행위예술로 자신을 알리는 데 성공하였으니 이제 또 한 번의 새로운 모습을 보여주어야겠다고 생각했다. 정통 장르로 돌아가 획기적인 새로움을 찾아야겠다고 생각했다. 그래서 대중들과 가장 가까운 것을 찾다 보니 전자 TV였다.

이 작품은 남준이 캘리포니아에서 한 대학의 교수로 재임하고 있어 경제적으로 안정된 생활을 버리고 다시 뉴욕으로 돌아가 어려웠던 시절에 제작되었다. 시게코는 뉴욕에서 무리하여 아파트를 한 채 샀다. 그 바람에 빚이 있었는데 그 빚을 갚기 위해 남준은 가족이 있는 일본으로 가 1만 달러를 얻어 왔다. 형은 그 돈이 아버지 유산의 나머지로 마지막으로 주는 돈이라고 했다. 당시 1만 달러는 꽤 큰 돈이었다. 시게코는 빚을 갚는 데 쓸 계획을 하고 있었다. 하지만 남준은 형이 추천한 골동품상을 하여 더 큰 돈을 만들어야 하지 않을까 하는 생각에 눈길을 사로잡은 부처상을 사 버렸다. 시게코가 물었다.

"그걸 어디에 쓰려고요?"

남준은 골동품 겨우 한 작품으로 골동품상을 하겠다고 말할 수가 없었다.

"작품 할 거야."

시게코는 불만이었고 사 온 값에 되파는 일도 어려웠다. 시게코의 잔소리에 일방적으로 당하고 있을 때 전시 제안이 왔다. 뭔가 새로운 것을 보여 주고 싶었다. 남준은 '하늘을 나는 물고기' 전시를 구상했다, 〈하늘을 나는 물고기〉는 TV를 천정에다 여러 대 매달아 놓고 불을 끄면 TV 모니터에서 움직이는 물고기만 보이게 되어 물고기가 마치 하늘을 나는 것처럼 보이는 작품이다. 하지만 그 많은 모니터를 살 돈이 없었다. 1만 달러 사건도 있고 하여 시게코에게 의논할 수도 없었다. 모니터 사는 일은 일단 포기했다. 재료를 모아놓은 창고 앞에서 고민하고 있는데 불상이 눈에 들어왔다.

"아! 그거."

TV 모니터한 대로 작품을 기획해 전시하기로 한 것이다. 드디어 미술가로 전향하여 4번째의 개인전이 열리는 날. 1974년 전시장에는 평론가와 언론. 관람객이 모여들었다. 많은 사람이 이 작품 앞에 모였다. 〈TV 부처〉는 부처상이 TV 모니터에 비친 자기 모습을 보는 작품이다. 마치 부처가 자신을 모습을 바라보며 깊은 생각에 잠겨 있는 것 같은 모습. 이 작품은 뉴욕미술계에 큰 충격을 주었다. 동양의 오래된 상징과 서양의 첨단기술이 마주 보며 정면충돌하는 듯한 인상이 사람들을 놀라게 한 것이라고 했다. 선(禪)이라는 정신세계와 영상이라는 테크놀로지. 마치 나르키소스를, 수면이 비추는 것처럼 배치한 이 작품은 비디오 아트의 기념비가 되었다.

4. TV 정원

TV 부처에 이어 〈TV 정원〉도 걸작으로 꼽히는 작품이다. 같은 해(1974) 미국 북쪽 '에머슨 미술관'에서 TV 정원이 처음으로 전시되었다. 남준은 미술관 내에 살아있는 식물들을 풍성하게 들여놓고 사이사이 TV를 놓아 하늘을 보도록 배치했다. 정원에 꽃 대신 TV를 놓아둔 것이다. 마치 TV 꽃처럼…. 사람들은 TV를 바보상자라고 말하지만, 현대인들은 TV를 꽃처럼 보며 살아가고 있다는 것을 보여준 것이다. 이 또한 차가운 기술의 결과물을 부드러운 자연의 꽃으로 비유하여 남준만의 독특한 창작품이라는 찬사를 받았다.

미국의 구겐하임에서의 이 작품 설치 작업에는 제자 빌 비율라가 도왔다. 갤러리 천창을 통해 들어오는 자연광 아래 설치했는데 전시 전날은 종일 비가 쏟아지다가 새벽녘에야 멈추었다. 비가 멈추자 구름 사이로 달이 드러났다. 천정의 창으로 달빛이 쏟아져 들어오자 밤하늘을 비추는 달빛과 밑에서 반짝이는 TV 이미지가 물기 어린 천장 유리 창에 어우러지는 것이었다. 그것을 본 비올라가 외쳤다.

"선생님 저것 좀 보셔요."

문득 환상적인 장면과 마주친 비올라는 자신도 모르게 소리쳤다.

"달빛은 높은 예술이고, 우리 비디오 작품은 낮은 예술입니다."

"그렇군. 저것이야말로 저절로 탄생하는 진정한 예술이야. 예술."

당시 서양에선 동양의 자연과 선(禪)의 조화에 관한 관심과 문화에 흥미를 끌기 시작한 때였다. 이때를 맞추어 자연인 정원과 과학 기술을 융합시켰다는 점에서 성공 확률이 매우 높았다. 사람들은 비로소 비디오 아트의 진가를 알아가기 시작했다. 이 작품 이후 남준은 퍼포먼스 음악가, 괴짜 예술가의 호칭을 벗고 새로운 장르 비디오 예술가로 거듭날 수 있었다.

5. 굿모닝 미스터 오웰

'지상 최대의 쇼를 해라.'

〈TV 부처〉 이후 남준은 관객 참여 대형 퍼포먼스를 시도
해야겠다고 생각했다. 이 작품 〈굿모닝 미스터 오웰〉은 TV
를 정보 중계자로 본 작품이다. 이 작품의 실현을 위하여
자금조달에 온 힘을 기울였다. 후원가를 모으기 위해 발로
뛰었다. 미국의 록펠러재단, 국립예술진흥원 기금, 파리 방
송국 후원 등을 끌어냈지만 그래도 부족했다. 남준은 존 케
이지를 찾아갔다.

"당신과 조셉 보이스가 미국과 유럽 양 대륙을 사이에 두
고 인공위성 중계를 통하여 퍼포먼스를 한다면 얼마나 멋
있겠습니까? 시몬 드 보부아르와 노먼 메일러가 실존적 문
제를 놓고 벌이는 인공위성 대담 장면을 상상하는 것과 같
은 것입니다. 양 대륙 사이에 하늘이 가로막혔다는 말은 이
제 더 이상 유용하지 않습니다. 고작 몇백 명을 앞에 놓고
하룻저녁 공연한 브로드웨이 공연물에 드는 것보다 적은

돈으로 나는 대륙 간을, 심지어 철의 장막에 갇힌 동구 권의 수백만 명의 사람들에게까지 희망을 심어 주고 싶습니다."

"이 공연을 오웰이 예고한 내년 1984년 1월 1일에 시도하려 하는데 돈이 한 푼도 없습니다. 그러니 조셉 보이스 등과 함께 판화라도 만들어 팔면 도움이 될 것 같아서 협조를 요청합니다. 우리는 이 작품으로 '지상 최대 쇼'를 할 것입니다."

이 말에 존 케이지는 꿈도 꾸어보지 못했던 판화 작업에 뛰어들었다. 이에 남준을 비롯, 보이스, 커닝햄, 긴즈버그 등이 판화를 팔아 보탰다. 그래도 부족해 남준은 이때 진 빚으로 몇 년간 죽을 고생을 했다. 하지만 누구도 할 수 없는 작업, 남준만의 새로운 작업을 완성하여 성공하였으니 빚은 문제가 아니었다.

이 작품은 우선 여러 나라 방송사와 유명 인사들이 참여해야 가능한 일이었기에 쉽지 않은 일이었다, 그러나 남준은 이번에도 해냈다.

1984년 1월 1일 오웰이 말한 문제의 해가 밝았다. 쇼가 시작된 것이다. 뉴욕의 WNET 방송사에 주 조정장치를 설치하고 파리와 뉴욕 두 도시를 잇는 생방송 〈굿모닝 미스터 오웰〉을 진행했다. 남준과 함께한 유명한 전위예술가들이 대거 등장한다. 존 케이지, 조셉 보이스의 퍼포먼스, 남준이 제작한 정신없는 비디오 아트 화면들이 스크린을 메우고, 방송 기술자들은 '분할 스크린 기법'으로 스크린을 나누어 유명한 사건들을 동시에 보여주었다, 그리고 파리와 뉴욕의 방송국에서 쏘는 즉석 영상들을 대비시켰다.

이 방송은 미국, 프랑스 외 네덜란드, 독일에서도 중계되었다. 이 작품은 명실공히 남준의 출세작이 되고 한국에서도 유명 인사로 알려지는 기회가 되었다.

이 작품을 공연하면서 남준은 방송국 편집국장들로부터 다음과 같은 질문을 받았다.

"이걸 왜 생방송 합니까? 녹화 후 편집하여 방송해야 리스크도 막고, 내용도 더 잘 전달되고, 조잡하고 어이없는 실수도 없어지고, 천의무봉1의 완성품을 전달 할 수 있지 않습니까?"

남준은 이렇게 대답했다.

'그럼 왜 사람들은 에베레스트를 오르나요? 에베레스트를 꾸역꾸역 오르지 않고 헬기를 타고 가 정상에 올라 사진을 찍어 오면 될 일인데 말이지요. 통조림 음식과 신선한 즉석요리를 비교할 수 없듯 생방송과 녹화공연을 서로 비교할 수 없는 것 아닌가요?'

이 대형 우주 쇼는 조지오웰에게 보내는 항의를 메시지를 담고 있다. 조지오웰이 예측한 억압과 광기의 시대는 오지 않았으며. 우린 여전히 현재 잘살고 있다고 전하는 내용이다. 이 작품을 있게 한 조지오웰은 〈1984년〉이라는 소설에서 가공할 능력을 지닌 매스미디어가 1984년에 인간을 정복해 버린다는 작품을 썼다. 남준이 이를 글이 아닌 메스미디어를 통해 이어쓰기 한 셈으로 의미는 대중매체가 인간을 정복하는 것이 아니라 인간과 인간 사이를 연결해 주는 정보와 소통의 수단임을 알리는 것이었다. 더불어 오웰

---

1 천의무봉(天衣無縫) : 선녀의 옷에는 바느질한 흔적이 없다는 뜻. 이 말은 시나 문장 등이 인위적 기교가 없이 자연스러운 것을 의미

에게 세상과 우리는 아직도 건재하다는 1984년의 새해 인사를 건넨 작품이다.

이 방송이 중계되기 전, 한국인들은 대부분 백남준이란 예술가를 알지 못했다. 그해 남준이 한국에 갔을 때 한 기자가 이런 질문을 했다.

"당신은 왜 한국 무대를 놔두고 외국 무대에서만 활동합니까?"

그때 남준은 이렇게 대답했다.

"문화도 경제처럼 수입보다는 수출이 필요해요. 나는 한국문화를 수출하기 위해 세상을 떠도는 문화 상인이죠."

이 작품은 남준에게 세계적인 명성과 명예를 가져다준 작품이다.

6. 바이바이 키플링

1986년 〈바이바이 키플링〉이란 작품이 다시 한번 전파를 탄다. 한국과 일본, 미국에서 중계했다. 제목은 인도 출신 영국인 노벨문학상 작가인 러디어드 키플링(Rudyard Kipling, 1865~1936)의 발언 '동양은 동양이고, 서양은 서양이다. 동서양은 서로 어울릴 수 없다'라는 대목을 반박하는 메시지로 〈굿모닝 미스터 오웰〉의 연장선에 있는 작품이다.

동서양을 순서 없이 섞어서 방영하면서 키플링의 메시지와는 다르게 동서양이 동일한 시간 선상에 살고 있음을 표현했다. 제3의 생명체가 와서 본다면, 동양이나 서양이나 차이를 알 수 없을 만큼 쌍둥이로 보일 거라고 주장한다. 당시에도 엄연히 존재했던 오리엔탈리즘에 대한 반격이었다.

작품의 구성은 서양의 연주자가 곡을 연주하는 모습을 보여 준 직후 이 음악에 맞추어 일본 마라톤 선수가 결승 테이프를 끊는 장면이 나온다. 또 서양의 타악기 연주가의 음악과 한국의 사물놀이가 함께 울려 퍼진다. 이는 작가 남준이 사랑하는 비빔밥 정신을 구현한 것이다.

이 공연은 서울 KBS, 일본 아사히, 미국 WNET가 동시에 영상을 번갈아 가며 서울 도쿄 뉴욕에서 벌어지는 공연과 경기를 보여 주었다. 내용뿐 아니라 작품의 제작과 형식에서도 동서양의 벽을 허문 것이다.

그런데 한국에서는 이 영상을 두고 엉뚱한 시비가 벌어지기도 했다. 1등을 달리는 일본 마라토너가 마음에 안 들었던 것이다. 당시엔 일본문화가 금지되어 있던 사회 분위기에서, 불편한 장면이었기 때문이다. 하지만 남준은 1988년 서울올림픽 1주일 전 〈손에 손잡고〉라는 작품으로 동서양의 조화를 다시 강조하여 세계인들에게 '비디오 아트 위성 쇼'를 각인시켰다.

7. 다다익선

국립 현대 미술관에 있는 비디오 아트 작품이다. 1986년 남준은 국립 현대미술관 중앙 홀의 넓고 높은 공간을 보자 즉각 멋진 생각을 떠올렸다.

"여기에 타틀린의 〈제3 인터내셔널 기념탑〉을 닮은 작품을 세우면 딱 좋겠어요. '타틀린을 위한 헌정'이라는 제목으로."

제3 인터네셔널 기념탑은 레닌 정부의 지시를 받아 타틀린이 설계한 전 세계 공산혁명 기념탑이다. 이 말을 들은 관계자 역시 제3 인터네셔널 기념탑에 관한 내용을 알고 있었다. 그래서 그는 즉시 우려되는 부분을 말했다.

"백 선생 정말로 멋진 생각이지만 아직 우리 국민의 정서상 레닌을 위해 일했던 타틀린에게 헌정한다는 의미의 작품을 세우면 말썽이 나지 않을까요?"

"그런가요? 아, 그렇다면…."

남준은 새로운 작품의 제목을 생각해 냈다.

"그럼 제목을 이걸로 합시다. 〈다다익선多多益善〉"

제목을 통해 새로운 의미를 창출해 내야 했기에 쉽지 않았다. 그러나 정해 놓고 보니 마음에 들었다. 다다익선은 그저 많을수록 좋다는 의미에서만 그치는 게 아니다. 책, 신문과 같은 활자 매체는 물론 TV 라디오 컴퓨터 등 미디어를 통해 정보를 얻는 것 같은 현대인의 정보획득 특성을 은유적 표현으로도 가능했기 때문이다.

TV 1,000여 대가 소요되는 이 작품을 완성하기 위해 사람과 돈이 필요했다. 남준이 생각한 것을 기술적으로 현실화시켜 줄 전문가와 1,000여 대의 TV를 살 수 있도록 도와줄 재정적 후원자가 꼭 필요했다. 사람의 문제는 비교적 손쉽게 풀렸다. 경기고 후배가 나서 주었고 삼성전자의 후원을 받아 냈다. 남준은 작업 중 미국의 활동도 병행해야 했기에 한국에서는 담당자들이 국제 전화로 작업을 수행해 갔다. 카카오 같은 시스템이 없던 당시 국제 전화 통화료만도 수백만 원이 넘어 나왔다. 미술관 측에서는 경제 사정을 고려해 수신자 부담으로 하는 게 좋겠다는 제안을 했으나 남준에게는 작품의 완성도만이 중요할 뿐 신경 쓸 일이 아니었다. 이렇게 지구 반대편에서 작품 제작을 지휘하며 2년의 기간을 거쳐 작품이 완성되었다.

미국에 있는 남준에게 한국에서 이 작품의 개막식을

1998년 개천절날 하겠다고 알려왔다. 남준은 당장 TV 모니터를 103개로 하라고 다시 지시했다. 10월 3일 개천절을 상징하는 숫자를 맞추고 싶었기 때문이다. 이렇게 다다익선은 남준의 구상, 고등학교 후배의 설계, 전자 기술자 그리고 삼성전자의 재정적 지원으로 '백남준 비디오 아트' 중 가장 큰 작품으로 탄생하게 되었다. 이 작품의 또 다른 의미로는 1980년대 들어 본격적으로 시도된 공공예술의 대표작이라는 점에서도 의미가 크다.

8. 손에 손잡고

1988년에 제작한 위성 중계 작품. 서울올림픽에 맞추어 기획한 작품으로, 전 세계를 하나로 연결하는 대규모 위성 프로젝트였다.

〈손에 손잡고〉에서는 '예술과 운동의 칵테일'이라는 주제로 설정되었다. 동서양의 문화적 차이의 극복은 예술이나 운동과 같은 비정치적인 교류에 의해서만 해소될 수 있음을 담았다. 서울올림픽 1주일 전 발표된 〈손에 손잡고〉라는 작품은 동양과 서양의 조화를 더 많은 참가 국가로 극대화하며, 냉전의 시대가 끝났음과 전 세계의 조화와 공존을 담아낸 작품으로 위성 연작 3부작의 큰 프로젝트이다. 남준의 인공위성 연작은 〈굿모닝 미스터 오웰〉, 〈바이 바이 키플링〉, 〈손에 손잡고〉 등이다. 이 작품 〈손에 손잡고〉는 올림픽을 위한 작품이니만큼 전 세계로 송출되었고 세계인이 비디오 예술을 만나는 계기가 되었다.

이후 남준의 위성 중계 비디오 아트 쇼는 2번 더 발표되었다. 2000년 1월 1일 첫 새벽 백남준의 밀레니엄 기념작

〈호랑이는 살아있다〉가 전 세계 위성 생방송으로 송출된다. 한국에선 MBC가 중계했는데, 앵커가 '시청자 여러분 텔레비전이 고장 난 것이 아님을 재차 말씀드립니다.'라는 멘트를 여러 번 했다. 비디오 아트가 TV 중계 사고처럼 여겨질까 걱정했기 때문이었다.

2002년 한일월드컵 개막 때도 백남준의 〈동방으로부터〉라는 작품이 중계되었다.

9. 전자 초고속도로

  이 작품은 요즘의 인터넷을 예견하여 형상화한 작품이
다. 아메리카대륙을 전류로 연결하여 시각적으로 전자고속
도로의 모습을 보여 준다. 화면에 아메리카대륙이 전류가
흐르는 램프로 나뉘고 또 이어지는 반면 각주의 면(땅)은
TV 모니터로 빽빽이 채워 놓았다.

  처음 발표는 1993년 〈전자 초고속도로(부제, 베니스에
서 울란바토르)〉라는 작품으로 베니스 비엔날레에서 출품
되었고 이 전시에서 황금사자상을 받았다. 이 작품은 오늘
날의 인터넷 개념을 예술화한 것이다. 이를 위한 첫 구상은
훨씬 더 거슬러 올라가 사람마다 들고 다니는 소형 TV, 인
터넷 기기가 나오기 전부터였다. 1974년에 남준이 록펠러
재단에 제안한 '일렉트로닉 슈퍼하이웨이(전자 초고속도
로)' 개념에서 시작된 것으로 보기 때문이다. 이후 우리나
라 대전 엑스포에서도 응용작품이 전시되었다. 남준은 이
작업을 준비할 때 한국에서 스스로 정신적 스승이라 여기
는 존 케이지 죽음을 알리는 소식을 듣는다.

10. 레이저 아트, 야곱의 사다리

　뇌졸중으로 쓰러져 병상 생활을 할 때 아무도 남준이 다시 새로운 작품을 할 수 있으리라고는 생각하지 않았다. 그때 구겐하임에서 '회고전'을 해 달라는 연락이 왔다. 그 제안은 건강으로 억눌려 있던 남준의 예술 열정을 다시 깨어나게 했다. 주위에서는 모두 반대했지만, 남준은 자신 내부에서 예술혼이 '나는 아프지 않다. 나를 가두어 두어서는 안 된다.'라고 아우성치고 있다고 했다. 어쩌면 생애 마지막이 될 수도 있는 이 회고전을 남준은 자신의 작품세계 정점으로 삼겠다고 결심했다.

　남준은 음악으로 시작하여 플럭서스 행위예술가, 비디오 아트 창시 후 그 영역을 인공위성 쇼까지 끌어냈다. 긴긴 세월의 종령기를 마치고 화려한 날개를 펴 날아오르려는 찰나 뇌졸중이 왔다. 그런 남준에게 다시 기회가 온 것이다. 이 영광스러운 장소에서 남준은 새로운 쇼를 해야겠다고 마음먹었다. 남준이 새로 개척하고 싶은 영역은 '레이저 아트'였다.

레이저 아트는 전자 분야에서 획기적인 발전을 가져올 수 있게 해 주었던 핵심 요소이다. 이를 예술로 승화시켜 보고 싶은 생각은 아주 오래전부터였다. 1965년 스웨덴 전기 기술자에게 기술을 제공해 줄 수 있는지 의논해 보기도 했다.

레이저 아트는 지금까지처럼 영상을 쏴 주는 역할에서 벗어나 레이저 광선 자체가 예술이 되게 하는 것이다. 다른 예술을 보여주는 데 쓰이던 레이저 광선에서 자체 예술이 되는 것이다. 광선은 일직선으로 쏘아지는 것이 특징이다. 이것을 물감처럼, 실처럼, 오브제처럼 사용할 수 있어야 한다. 남준의 아이디어를 실현하기 위해서는 많은 사람의 도움이 필요했다. 슈야 아베와 로봇 〈K456〉을 제작했을 때처럼 기술자는 물론 다양한 분야 전문가들의 도움을 받았다. 남준은 휠체어를 타고, 언어장애를 안고 조수들과 밤낮을 바쳐 작업했다.

드디어 개막식 날 온갖 색채의 레이저 광선이 돔형의 미술관 천장으로 쏘아 올려졌다. 광선은 쉴새 없이 변화하는 멋진 형상을 그려냈다. 첫 번째 작품인 이 작품의 제목은 〈달콤하고 우아한〉으로 붙였다. 두 번째 작품은 7층 높이의 천장에 실제로 물이 떨어지는 폭포도 설치하고 초록색 레이저 광선을 쏘아 올렸다. 적당한 위치에 거울을 달아 광선이 꺾이게 했다. 계단 모양의 굴곡이 이루어졌다. 이 계단은 천장을 뚫고 마치 하늘까지 올라갈 것 같이 느껴졌다. 이 작품에는 〈야곱의 사다리〉라는 제목을 붙였다.

그리고 〈회고전〉을 의뢰한 미술관 측의 의견을 받아들여 바닥에는 1970년 작 〈TV 정원〉 설치했다. 전체가 어우러져 극찬을 받았다. 이 전시에는 〈TV 스위스 시계〉, 〈TV 부처〉 등 그동안의 작품도 전시하여 생애 마지막 회고전이 되었다.

이후 한국의 삼성 갤러리 등에서 본격 레이저 아트 전시를 개최했지만, 건강 문제로 직접 참여하지는 못했다. 이로써 남준은 자신의 생애 계획했던 것을 모두 실행으로 옮겼다. 이후 남준은 야곱의 사다리를 타고 하늘나라로 갔다. 레이저 광선을 타고 나를 수 있을 만큼 가벼워져서….

4부 미래를 내다본 백남준

스마트 문명의 선지자

남준이 죽지 않고 살아 있던 시절에는 인터넷은커녕, 모든 사람이 컴퓨터를 휴대한다는 발상이 공상과학이었다. 하지만 남준은 언제나 미래를 생각했다. 그래서 예측 가능한 생각들을 작품으로 보여주었고, 다양한 미디어를 활용해 이야기했다. 하지만 당시에는 그저 재미있는 상상으로만 받아들여졌다. 1964년에도 볼프 포스텔이라는 사람이 남준에게 자신의 미래를 예견하는 말을 해달라고 했다. 남준은 이렇게 대답했다.

'1982년 만일 전쟁이 일어나지 않는다면, 나는 50세가 되겠지요. 2032년 여전히 살아있다면 100세가 되겠네요. 2932년에 살아있다면 1,000세가 되겠지요. 101932년이면 10만 세가 될 겁니다.'

장난기 많은 괴짜가 또 조크하는구나. 하고 여기는 것 같았다. 하지만 그게 왜 싱거운 농일 뿐이겠는가. 가장 정확한 답을 해 준 것이다. 어느 누가 닥치지도 않은 미래를 알 수 있겠는가. 어쨌든 남준은 훨씬 먼 미래를 살지 못하고 죽어버렸다. 고전적 상상의 영혼이 되어 오늘날 사람들이 살아가고 있는 모습을 살펴보니 당시 황당해 보이는 자신의 예측들은 신기하게도 현실 되어 있다. 참 놀라운 일이다. 죽음을 맞아 미래 인간이 아닌 영혼이 되어서도 할 수 있는 일이 없는데 살아생전에 멋지게 미래를 예견했다니 말이다.

남준은 누구보다 열심히 자신이 살아온 20세기를 관찰하고 연구했다. 남준의 잠자는 감각을 일깨워준 쇤베르크, 존 케이지의 방법으로 문제를 찾아보고, 보여주었다. 그리고 멈출 줄 모르고 발전해 가는 첨단기술 매체와 인간이 어떻게 공존해야 할지를 모색해 보았다. 도출한 메시지를 뜻이 같은 동료들과 함께 예술로 표현하는 것에 모든 열정을 쏟아부었다. 사람들이 살아가는 모습에서 찾아낸 문제점을 플럭서스의 '재미있을 것, 유치할 것, 솔직할 것.'의 방법으로 〈하수구 찬가〉[1]처럼 보여주었고, 기술 발달이 미래를 위험하게 할 것이라는 비관적인 전망에 대해서는 적극적으로 반박했다. 그 예가 '빅 브라더'를 말한 '조지오웰'이었다.

남준은 이 조지오웰을 겨냥해 인공위성을 이용한 정보 소통과 공유가 전 세계를 이어주는 역할을 할 것이라고 주장했다. 그 예측이 맞아떨어져 21세기 사람들은 지구 반대편 사람들과 실시간 얼굴을 마주 보며 이야기하고 있지 않은가. 오웰의 예견은 빗나갔지만 남준은 맞추었다.

하하! 남준은 사실 영혼의 세계에서 조지오웰을 피해 다닌다. 남준은 이런 생각도 했다.

"비디오 디스크에 대하여 몇 가지 예견해 보면 다음과 같다. 인쇄되지 않은 '뉴욕 타임스지'나 슈피겔 출판사의 모든 작품을 저장할 수 있을 것이다. (....)뉴욕 공공 도서관의 모두 소장 할 수 있고 쉬면서 마음대로 어느 곳에서나 찾아서 읽을 수 있을 것이다."

현재를 살아가는 사람들에게는 하나도 이상하지 않은 이 말은 당시 사람들에게는 아리송한 말이었다.

---

1 하수구 찬가 : 플럭서스 출신 대통령 비티우타스 란츠베르기스가 플럭서스 동료 예술가들에게 아이디어를 준 퍼포먼스. 예술가가 무대에 올라가 가방에서 이가 득시글거리는 쥐 몇 마리를 꺼내 관객을 향해 던진다. 그리고는 '자, 이제 쥐새끼들과 관객이 할 일이 생겼군' -여기서 쥐새끼들은 부패정치인, 관객들 국민-

그리고 남준은 1980년에 '정주 유목민'이란 개념에 대해서도 발표했다. 몸을 1cm도 움직이지 않으면서 우리의 생각을 옮길 수 있는 인류의 시대를 말한 것이다. AI가 출현한 21세기 사람들의 상상을 20세기에 말해 버린 것이다. 이 또한 기가 막히게 맞아떨어졌다.

말을 타던 시대를 넘어 자동차와 항공기, 우주선까지 쏘아 올린 21세기를 넘어 더 먼 앞날에 디지털 네트워크를 이용해 시간과 공간의 경계를 넘나들며 자유롭게 가상현실을 넘나드는 삶을 예상한 일이었는데 남준이 죽자마자 사람들은 현실로 다가오고 있음을 경험하고 있으니까 말이다. 1981년에는 이런 생각도 했다.

'비디오의 타임 시프팅 기능은 신에게 도전하는 것 같다. 나는 시간이 비스듬하게 흐르기를 바란다. 빠르지도 느리지도 않고 되돌아가지도 않고.'

비디오는 시간을 '빨리 감기' 할 수 있고, '되감기'를 할 수 있으며, 시간을 '시작'할 수 있고, '일시 정지' 혹은 '정지'도 할 수 있다. 하지만 우리의 삶은 되감기를 할 수 없다. 비디오는 시간을 만들어내고, 되돌리고, 변형시킨다. 비디오는 능동적으로 시간을 경영할 수 있는 창작물이 될 수 있다. 정주 유목민은, 원하는 시간에 들어갈 수 있고, 원하는 공간으로 진입할 수 있으며, 그 반대의 행위도 가능한 존재이다. 삶에서 진행되는 시간과 공간에 관계없이 또 다른 시간과 공간을 재창조하고 누리며 소통하고 공유하는 개념을 생각한 것이다.

이 생각을 남준이 세상을 떠난 21세기 사람들은 현실로 받아들이고 있다. 사람들은 몸을 이동하지 않고 물건을 사고판다. 동양에서 서양의 가족을 만나 이야기하고 함께 오락을 즐긴다. 미국에 사는 아들이 한국에 사는 부모님의 상태를 직접 보고 살피며 실시간 대화를 통해 간호하기도 한다. 우주를 떠도는 우주인이 지구의 동료들과 이야기하는 시대. 우리는 이미 남준의 상상의 세계를 실제로 체험하고 있다.

그 범위가 앞으로 더 넓어질 것을 사람들은 이제 상상하기 시작했다. 우주 공간보다 더 넓어지는 것은 무엇을 말하는 것일까? 지금 우리가 생각할 수 없는 것, 생전의 세계 혹은 사후세계가 아닐까? 아니면 프로이트 무의식의 세계에 들어가 현실처럼 누비고 다니는 것일까?

이런 생각을 남준은 이미 100년 전에 해 버린 것이다. 요즘은 AI에 점령당할까 우려하는 이들이 있는 것 같다. 영혼인 남준은 AI를 창작해 내는 것이 인간인 이상 인간이 자기 피조물에 당하는 일은 없을 것이라고 말한다.

그런데 아이러니하게도 지금 남준의 영혼 개념은 1,000년 되돌아 가 있다. 과학이 더 발전하였을 때 살았더라면 영혼 모습이 아니라 생명 연장의 혜택을 받아 100,000,000,000살의 인간으로 말할 수 있었을 텐데….

남준은 작곡가, 연주가였지만 실제로는 미학자였다. 늘 누구도 가 보지 않은 예술적 정신세계를 꿈꾸고 있었으니까. 남준에게 플럭서스 활동은 기존의 예술을 거부하고 새로운 세계로 나가는 하나의 방법이었다. 남준은 비디오 아트를 통해, 인공위성 쇼를 보여 주는 것을 '시간-예술'이라고 불렀다. 그리고 이 실험을 통해 '비디오 철학'을 시도하고자 했다.

비디오는 시간의 흐름에 따라 변화하는 이미지를 내보내는 미디어이다. 그 이전의 많은 예술 장르에 비해 비디오 예술은 시간을 사용하는 방식에 있어서 전혀 다른 방식이다.

1971년 남준은 이미 비디오로는 피드백, 자연재생, 반복 순환, 속도 변화, 펄스 동기화, 주사선 조작 등 시간의 매개변수를 조작할 수 있다는 것을 알아냈고 실천으로 보여 주었다. 어쩌면 앞으로는 이를 바탕으로 과거에서 현재를 거쳐 미래로 한 방향으로만 흐르는 시간 외 또 다른 새로운 시간의 축을 발견하는 일도 가능할지 모른다. 남준이 쇤베르크와 존 케이지에게 받은 충격처럼 자신보다 더 괴짜인 누군가가 나타나서 비디오세계처럼 시간을 마음대로 조절할 수 있는 방법을 찾아낸다면 말이다. 그러면 인간의 삶의 방법은 훨씬 더 많은 것들이 바뀌지 않을까?

백남준이 예견한 전자고속도로

'쇼를 해라.'라고 말한 남준은 '쇼'만 한 것이 아니라 미래를 내다보는 능력도 대단했다. 1970년대에 이미 전자 고속도로를 예견한 것을 보면 말이다. 그의 전자고속도로 상상은 인터넷 혁명을 앞서 내다본 것이다.

어느 날 남준은 클린턴 대통령의 연설을 들었다. 대통령의 연설을 귀담아듣던 남준이 불만에 가득 차 중얼거렸다.

"아니 이건 내가 30년 전에 주장한 '전자고속도로 시대' 이야기잖아. 이거 안 되겠는 걸."

얼마 후 언론사에서 인터뷰 요청이 왔다. '흠, 잘 됐군. 이 기회에 확실히 해 두어야겠어.' 남준은 인터뷰에서 이렇게 말했다.

"전자고속도로(인터넷)에 관한 아이디어는 제 것이었어요. 30년 전에 이미 제가 말했지요. 그런데 미국 대통령이 된

빌 클린턴의 연설문에서 언급되었습니다. 그는 나의 아이디어를 훔쳤어요."[2]

이 외에도 남준은 당대 현상보다 수십 년을 앞서 노트북 PC와 스마트폰 시대를 말했다. 누구나 손에 작은 TV를 가지고 다니며 전자고속도로를 이용할 것이라고 예견한 것이다. 이것은 남준이 죽은 지 100년도 안 되어 실현되었다. 요즘 사람들은 스마트폰으로 언제 어디서나 TV를 보고 인터넷으로 지구촌 세상과 소통한다. 전자고속도로를 이용하는 것이다. 남준은 유튜브와 스트리밍도 예언했다. 영상산업이 고도화되면 누구나 쉽게 영상을 찍어 공유하고 소통하는 시대가 올 것이라고 말했다. 그러니까 지금, 21세기는 남준이 말한 '전자고속도로'가 전 세계에 뻥 뚫린 것이다.

1994년 미국 휘트니 미술관에서 2인 전시를 할 때 한 설치미술가에게 남준이 이렇게 물어보았다.

---

2 더뷰스 리뷰 : 백남준 아트센터, 용인 스마트관광 정부 사업 선정과 천재예술가의 초상.

"30세기에는 무슨 일이 벌어질까요?"

"…… 선생님 혹시 21세기 말씀이십니까?"

"아니 천년 후 30세기 말입니다."

21세기는 20세기를 통해 예견할 수 있다. 남준이 했던 것처럼…. 그러니 지금의 시점에서 새로운 것을 찾아내기 위해서는 훨씬 더 미래에 관한 생각이 필요하다는 것을 말했던 것이다.

그 답을 미술사학자 김홍희는 이렇게 말한다.

"백남준을 비디오 아트의 창시자로만 규정하는 것은 부족하다. 20세기에 이미 디지털로 연결된 세상을 내다본 선지자였으며 인공위성까지 동원할 만큼 엄청난 스케일의 기획자였다."

하지만 이 또한 정확한 답은 아닐 것이다. 당대의 남준에 대한 평은 틀리지 않았지만 30세기에 대한 답은 아니었으니까.

남준은 비디오 연구는 말(馬)에서 시작해야 한다고 생각했다. 왜냐면 1863년 전화가 발명되기까지 말이 가장 빠른 통신수단이었기 때문이다. 사람들은 지금 비디오 영상 시대에 살고 있다. 그렇다면 다음엔? 남준은 가장 강력한 커뮤니케이션의 수단은 심령력 즉, 정신의 힘일 것이라고 말했다.

그에 의하면 이상하게도 텍스트의 질은 종이의 발명 후 더 떨어졌다. 사진의 발명으로 이미지 고정의 질은 동판화 유화의 시대보다 더 떨어졌다. TV의 등장은 이미지를 움직이게 하는 기술의 질을 영화의 시대보다 더 떨어뜨렸다. 팝과 바흐의 녹화를 비교해 보면 알 수 있는 것처럼.

22세기 초 강대국은 어느 나라일까? 남준은 불가리아라고 말한다. 불가리아에 집시들이 가장 많다. 그들의 심령력 지수 덕분에 불가리아가 22세기 초 강대국이 될 것이라는 거다. 그래서 세계적으로 유명한 불가리아 친구 '크리스토'가 앞으로는 레오나르도 다빈치, 조지 워싱턴을 합한 만큼이나 존경받게 될 것이라고 했다. 하지만 한국도 심령력, 정신의 힘에 있어서는 불가리아 못지않다. 이 또한 남준이 한 말이다. 그러니 미래 최 강국은 한국이 되는 것이 아닐까?

22세기에 남준의 영혼은 자신의 예견이 맞는지 지켜볼 것이다. 영혼은 영원히 사라지지 않는 것이라고 하니까. 영혼의 세계 역시 정신의 영역이니까.

백남준의 말

"나는 한국인의 가능성과 생명력을 남대문·동대문 시장에서
찾는다. 세계 경제의 경쟁력은 유통과 자유시장 기능인데,
남대문·동대문 시장은 이 문제를 100년 전에 이미 해결해
놓았다."

백남준 아트센터

　우리나라 용인에 '백남준 아트센터'가 있다. 남준이 살아 있을 때 건립이 결정되었다. 남준은 조국에 자신의 기념관이 생긴다는 것이 기뻐 아트센터의 이름을 '오래 사는 집'이라고 지었다. 남준은 아트센터가 완공된 것을 보지 못하고 세상을 떠났다. 착공이 시작된 것은 남준이 세상과 작별한 2006년 여름이고 2008년 4월에 완공되었다. 개관일은 같은 해 10월 8일이었다.

　'오래 사는 집'이란 영생(永生)을 의미하는 것으로 남준이 떠난 뒤에도 작품과 작품에 담긴 의미들이 무한히 살아 전해질 것을 바랐기 때문이다.

　영혼이 된 지금 생각해 보아도 이 건물의 설계를 국제적으로 현상 공모한 일은 참으로 황송한 일이 아닐 수 없다. 응모자가 55개국에서 440명이나 되었다고 한다. 독일의 젊은 건축가 키르스텐 쉐멜의 디자인이 채택되었다. 지붕이 여닫을 수 있는 격자 모양의 반투명 막으로 설계된 멋진 디자인이었다. 위쪽에서 건물을 내려다보면 전자회로판처

럼 보이는 점도 남준의 예술적 방향을 드러내는 표현이라
고 한다. 좋았는데….

쉐멜의 설계는 엄청난 비용이 소요되는 건축이었고, 아
트센터는 절반 정도인 360억을 예산으로 잡혀 있어 그대
로의 건축은 불가능했다. 결국 쉐멜의 동료 건축가인 마리
나 스탠코빅이 뛰어들어 이 문제를 해결했다. 건물 외벽을
유리로 하고 가로줄을 넣어 쉐멜이 표현하려던 느낌을 살
려냈다. 지붕이 열리는 기능은 생략했다. 건물 후면의 한쪽
을 둥글게 튀어나오도록 표현한 것은 스탠코빅의 아이디어
였다. 주변 지형을 살리면서, 그랜드 피아노의 형상을 만들
어낸 것이다. 남준이 맨 처음 피아노로 음악을 시작하여,
피아노를 때려 부수는 퍼포먼스로 이름을 얻었고 더 이상
예술 활동을 할 수 없는 생의 끝자락에서 오른손만으로 '울
밑에선 봉선화야….'를 연주했다는 것을 고려한 모양이다.
아트센터에는 남준의 다양한 작품이 소장되어 있다.

이제 남준의 영혼은 오래 사는 집에 머물 생각이다. 그
럼 그의 영혼은 '백남준 예술혼'이 되는 건가?

소설 백남준 해설

1

백남준은 20세기 위대한 업적을 남긴 유명인으로 세계 역사에 이름을 올린 인물이다.

요즘은 K-pop이 세계적으로 선풍을 일으키고 있다. 이에 앞서 백남준이라는 인물이 있었다. 백남준은 일제 강점기 서울에서 태어나 사업을 잇기를 원하는 아버지의 바람과는 달리 아버지가 시답지 않게 생각하는 예술가의 삶을 살았다. 그리고 보란 듯 세계적 인물이 되었다.

남준의 어린 시절 음악에 관한 관심은 동경대학 시절까지 이어져 음악을 연구하는 학생이 된다. 졸업 시기 본격적인 음악을 공부하고 싶다는 생각에 독일로 유학하여 작곡외 연주 등 다양한 예술 활동을 시도하다가 행위 예술가로 명성을 얻는다. 독일에서의 그의 활동은 소년 시절에 알게된 쇤베르크와 이후 독일에서 만난 존 케이지의 영향으로 기존의 규칙과 규범에 도전하며 시종일관 새로움을 추구하는 길로 들어선다. 청각을 통해 전달되는 '듣는 음악'을 그는 시각을 통한 '보는 음악'으로 바꾸어 보려 시도하였고, 음악에서는 불가능하다고 여겨온 '성(性)' 문제도 담아내려 하였다. 이러한 시도는 다른 작가들과 변별성을 갖추어 자신만의 새로움을 찾아내는 원천이 된다. 이러한 과정을 통해 인정받게 된 그의 도전은 멈추지 않고 새로운 분야로 나아간다. 음악에서 시작한 예술 활동이 행위 예술가로, 본격 미술 분야로, 비디오 아트로, 더 나아가 레이저 아트까지 도전하여 그동안에 없었던 새로운 분야를 찾아 세상에 남긴 것이다.

역사에 이름을 남긴다는 것은 쉬운 일이 아니다. 푸코라는 프랑스 사상가는 세상에 없던 자신만의 생각으로 이 세상을 바꾼 사람들로 니체, 프로이트, 마르크스를 꼽는다. 니체는 신에게 속해 있다고 믿는 사람들의 생각을 바꾸어 인간 스스로가 주인인 주체적 삶을 살 수 있도록 하였고, 프로이트는 의식의 세계만이 전부라고 생각했던 사람들의 생각을 바꾸어 무의식의 세계가 의식의 세계보다 훨씬 더 광범위하다는 것을 깨닫게 해 주었다. 또 마르크스는 세상을 움직이는 것은 신(神)이 아니라 물질이라는 것을 생각하게 했으며 이전까지는 없었던 공산주의라는 사회를 등장시

커 실제로 세상을 바꾼 사람이다. 즉, 이들이 자기 생각으로 세상을 뒤흔든 인물들이라는 것이다. 이렇게 역사에 이름을 남기는 일은 바로 이들처럼 자신만의 생각으로 세상을 한번 흔들어 놓아야 가능한 일이다.

필자는 20세기 미술가 중 가장 위대한 예술가로 꼽는 피카소가 새로운 장르 '큐비즘'을 창시하여 추상을 끌어냈던 것처럼 세상에 없던 것을 최초로 시도하여 출현시키는 사람이 백남준이라고 생각했다. 따라서 백남준은 한국인으로서 최초로 세계를 뒤흔든 인물이었다는 점에서 요즘 청소년들이 그의 창의력, 도전정신, 이를 실천해 내는 용기를 살펴보는 것은 꼭 필요한 일이라고 생각했다.

이를 전하기 위하여 이 책의 제1장에서는 백남준의 생애에 대하여 다루고 있다. 결과적으로 큰 업적을 남겨 세계적 인물이 된 백남준의 생애를 살펴보는 것은 가장 먼저 행해져야 하는 일이라고 생각했기 때문이다. 다음 2장에서는 이러한 인물이 만들어지기까지 곁에서 영향을 미친 이들을 정리했다. 그리고 3장에서는 백남준의 창의적 결과물을 모아 보았다. 작품을 통한 의미를 찾는 데 도움이 될 것으로 여겼기 때문이다. 그리고 마지막으로 미래를 예견하는 백남준의 혜안을 다루었다. 그의 예시에 관한 적중 사례와 아

직 다가오지 않은 미래에 대한 예견을 살펴보고 지켜보는
일 또한 흥미로운 일일 수 있다고 생각했기 때문이다.

2

백남준은 일본으로부터 해방되기 이전 서울의 한복판에
서 태어났다. 모두가 어려웠던 시절 그는 승용차를 타고 유
치원에 다녔을 만큼 부유한 집안의 도련님이었다. 그러니
까 태어나면서부터 경제적 어려움과는 거리가 먼 환경에서
살았다. 그의 집엔 일본 그림책이 있을 만큼 아이들을 위한
도서와 교육 교구가 가득했다. 또 다른 집에선 볼 수 없는
귀한 열대 과일도 쉽게 먹을 수 있었다. 그야말로 금수저를
입에 물고 태어난 사람이었다. 이때의 일화를 보게 되면 남
준은 호기심이 많았던 어린이였던 것 같다. 15살이나 위인
큰 누나가 짜준 털바지를 가위로 잘라 실오라기를 솔솔 풀
어내 한쪽 바지 모양이 짧아지게 만들었다고 하는데 그 이
유가 바지가 어떻게 만들어지는지 궁금해서 잘랐다는 것이
다. 유치원 친구와 강가에 놀러 가서는 모래로 쌓는 두꺼비
집을 같은 모양으로만 만드는 것이 마음에 들지 않아 뾰족
한 모양, 둥근 모양, 사각 모양, 넓적한 모양 등 다양하게

만들어 친구를 재미있게 해 주었다고 한다. 이때부터 백남준은 남들과 똑같이 만들어내는 일보다는 자신만의 새로운 생각을 펼치는 것을 좋아했던 것을 알 수 있다. 즉, 남들과는 다른 생각, 독창적 사유의 소유자였던 것이다.

그가 초등학교 다니던 때는 우리나라가 일본에 주권을 빼앗겼던 시절이었다. 그의 인터뷰 내용을 보게 되면 학교에서 조선말을 쓰면 벌을 받았던 내용이 나온다. 모두가 어려웠던 그 시절 남준의 집에는 귀한 피아노가 있었다. 집안에 피아노를 두고 누나들이 개인교습을 받을 정도로 부유했던 집안에서 어린 소년 남준은 최초로 피아노를 접하게 된다. 커다란 나무 상자 안에서 귀한 물건이 나오는 게 아니라 '띵 똥 땡 똥' 피아노 소리가 나오는 것이 신기하여 남준은 피아노를 치고 싶어 한다. 하지만 사업가인 아버지의 반대로 피아노 앞에 앉을 수 없게 된다. 하지 말라고 하면 더 하고 싶어진다는 심리 때문이었는지 남준은 피아노를 포기하지 못했고 누나의 주선으로 피아노를 배울 수 있는 기회를 얻게 된다.

중학교에 들어가서는 당시 유학을 마친 신재덕 선생과 이건우 선생의 과외를 받는다. 아버지의 반대가 있었지만 과외 수업에도 지장을 받지 않았던 것은 역시 집안의 경제력으로 가능했던 것이리라. 참고로 백남준의 어머니는 아이들의 교육에 필요한 모든 것을 제공해 주었으며 심지어 아들들에게 '돈은 물 쓰듯 써도 된다.'라고 했다고 하니 하고 싶은 일을 못 할 이유가 없었다. 하지만 이런 환경에서도 당사자의 관심과 노력이 없었다면 성공은 쉽지 않았을 것이다. 부유한 환경은 오히려 성공에 걸림돌이 되었던 사례가 종종 있으니까.

남준은 관심이 있는 분야에 관해서는 누구보다 열심이었다. 이건우 선생으로부터 알게 된 '쇤 베르크'에 강한 인상을 받는다. 그는 쇤베르크가 정해진 규정을 충실히 따르는 모범적인 음악가가 아니었다는 것을 알게 된다. 쇤베르크는 남준이 가장 중요하게 여기는 '왜 그래야 하지?', '더 새로운 방법은 없을까?' 하는 것에 관한 질문과 도전으로 새로운 방법을 개척해 낸 대단한 사람이다. 정통음악의 듣기에 익숙한 아름다운 음악이 아닌 소음에 가까운 불협화음의 음악에 신선한 충격을 받고는 '새로워도 되는구나.' 하는 것을 깨닫게 된다. 이후 백남준은 고정적인 것, 규칙적인 것을 깨 보려고 시도했고, 새로운 것, 더 새로운 것을 찾기 위한 자신만의 길을 찾는다.

이때부터 남준은 이미 부모가 정해 놓은 길을 가는 일을 재미없는 일로 여겼을 것 같다. 대단한 경제력으로 나라에서 7번째의 여권을 얻어 홍콩의 국제학교에 등록하면서부터 아버지의 사업을 잇는 일을 하지 않겠다고 비밀리에 결정하고, 6.25가 나는 바람에 일본으로 가 동경대학에 진학하면서는 상대에 진학하기를 원하는 부모님의 기대를 저버리고 미학과에 진학하여 음악사와 작곡을 공부한 것을 보면 알 수 있는 일이다. 부모에게 대놓고 문제를 일으키지는 않았지만 스스로 자신만의 길을 향해 가는 심지 있는 유형의 인물이었다. 이렇게 어려서부터 자신이 하고 싶었던 일을 포기하지 않았던 남준은 대학 졸업 후 본격적으로 음악을 공부해야겠다는 생각에 독일 유학을 결정한다. 독일의 뮌헨대학 대학원에서 공부하다가도 정통음악이 따분하다는 생각이 들자 새로운 공부를 위해 과감히 대학을 옮기기도 하고 더 새로운 배움을 찾아 도전을 멈추지 않는다.

그러는 과정에서 존 케이지를 만나게 된다. 남준은 존 케이지에게서 쇤베르크의 강한 인상을 다시 한 번 경험한다. 존 케이지의 〈4분 33초〉 이후 본격적인 자기 세계를 구축해 나아간다. 듣는 음악에서 보여 주는 음악으로, 불경한 성(性)을 제외한 성스러운 음악에서 성을 담은 대중의 음악으로, 감상의 예술에서 즐기는 예술로 거침없이 즐겁고, 신기하고 새로운 예술을 추구해 나아간다. 남준은 이제 음악가에서 행위 예술가로 자리를 잡는다. 이때쯤 남준은 '동양에서 온 문화 테러리스트'라는 별칭을 얻으며 세계적인 예술가들이 활동하는 독일과 미국의 뉴욕에서 이름을 알리게 된다. 그가 여기서 그쳤다면 유명인은 되었을지언정 세상에 없었던 새로운 장르를 개척한 위인의 반열엔 오르지 못했을 것이다.

그는 더 새로운 것에 도전한다. 여기서 새로운 것은 무엇이 있을까? 새로운 것은 이미 있는 것에서 찾아내는 것이라고 했다. '다시 보고', '뒤집어 보고', '거꾸로 보고.'…. 남준은 1960년대 가장 흔하게 보급된 TV를 새롭게 보기 시작했다. 모든 가정에서 사람들을 불러 모아 자신 앞에 붙들어 놓는 TV. TV에만 매달려있어 사람들의 생각을 획일적으로 만들어 바보로 만든다는 바보상자. 남준은 이것을 다시 보고, 뒤집어 보고, 거꾸로 보았다. 그리하여 발견해 낸 TV 예술, 비디오 아트를 창안해 낸 것이다. 이제 비디오 아트를 모르는 사람이 없다. 사람들이 TV는 과학 기술의 산물일 뿐 예술이 될 수 없다고 생각하고 있을 때 '예술의 소재는 삼라만상의 모든 것이고, 예술이 될 수 없는 것은 이 세상엔 없다'라고 생각한 그의 업적이다.

남준은 삶의 막바지 반신불수가 되어서도 새로움에 대한 도전을 멈추지 않았다. 뇌경색으로 쓰러져 치료 중이던 때 구겐하임이라는 미국 최고의 미술관에서 개인전 요청이 온 것이다. 건강이 나빠져 이젠 다시 도전하기 어려우니 그동안의 작품이나 모아 예술인의 삶을 정리하는 차원에서 회고전을 열자는 제의에 그는 새로운 창작열을 불태운다. 이 회고전에서 새로운 장르 '레이저 아트'를 선보이겠다는 것이었다. 휠체어에 앉아 진두지휘하여 자기 생각을 실현한다. 그리고 생을 마감한다. 백남준은 1963년까지는 말이 달리는 속도가 인간 커뮤니케이션의 속도라고 말했다. 현대는 통신망의 속도이고, 미래는 심령의 속도라고 예견한다. 바야흐로 아날로그 소통 시대를 지나 디지털 소통을 넘어서 세상 만물이 상보적으로 얽히는 양자 소통 가능한 미래사회가 온다는 것이다.

  이 책에는 백남준이 본 과거와 현재 그리고 미래를 읽는 혜안을 살필 수 있는 이야기가 담겨있다.

3

 남준은 왜 작품을 하느냐고 묻는 말에 '재미없는 삶을 재미있게 하려고….' 라고 답했다. 이 말을 생각해 본다. 그리고 그렇게 살 수 있는 사람은 그리 흔치 않다는 생각도 해본다. 누군들 재미있는 삶을 살고 싶지 않은 사람이 있을까? 그런 시도를 할 수 있는 사람은 백남준처럼 먹고 사는 일에 신경을 쓰지 않아도 좋을 만큼 여유로운 사람이어야 가능한 것 아닌가 하는 생각을 하게 된다.

 하지만 한편 금수저를 입에 물고 태어났을 만큼 여유로운 사람이 그토록 쉼 없이 새로움에 대한 도전을 시도할 필요가 있었을까를 생각해 보면 이 말은 그냥 재미있으려고 쉽게 하는 말만은 아니었다는 것을 금방 알 수 있다. 그는 재미있는 삶 말고 아주 편안한 삶을 살 수 있는 사람이었다. 그런 그가 추구한 것은 '새로운 것에 대한 갈망, 그 새로운 것으로 사는 재미있는 삶'이었다. 재미있는 정도가 아니라 세상에 없는 것을 찾아내어 깜짝 놀라게 하는, 세상을 바꾸는 일이었다.

 오늘날 젊은이들이 백남준에게 배워야 할 것이 있다면 바로 그런 점일 것이다. '새로움 찾기', 그러기 위하여 '도전하기', 도전하기 위한 '용기 내기.' 그래서 세상을 각자 제 생각대로 신나게 살고, 나아가 더 나은 세상을 만들기 위해 노력하기….

이렇게 앞서 길을 닦아 놓은 사람들이 있어 K-pop이 통하는 시대가 된 것처럼 이제 젊은이들이 펼치는 꿈은 세계 무대에서 무엇이든 가능하다. 그러니 백남준의 말대로 '쇼를 해라.' 그러면 이룰 것이다. 도전을 '쇼'처럼, 신나게, 젊은이답게, 현대인답게, 세계를 무대 삼아….

백남준은 '쇼'를 하며 산 사람이다.

백남준 연보

1932년(1세)　만주사변 이듬해 7월 20일 종로구 서린동에
　　　　　　서 출생. 아버지 백낙승과 어머니 조종희의
　　　　　　3남 2녀 중 막내.

1945년(13세)　경기보통중학교 입학, 재학 중 피아니스트
　　　　　　신재덕과 작곡가 이건우, 20세기 신음악에
　　　　　　관심을 갖게 됨.

1949년(17세)　홍콩으로 이주. 로이덴스쿨 입학.

1950년(18세)　귀국, 6.25동란으로 부산을 통해 일본 고베
　　　　　　에 도착, 가마쿠라에 정착.

1952년(20세)　일본 도쿄대학교 공학부와 교양학부 문과에
　　　　　　서 동시 입학허가 취득 후 문화를 선택.

1954년(22세)　도쿄대학교 미학 및 미술사학과에 입학.

1956년(24세)　도쿄대학교 졸업.

1956년(24세)　독일 뮌헨대학교 대학원 철학과 입학. 음악
　　　　　　학과 미술사 수학.

1957년(25세)　다름슈타트 하기강좌에서 음악가 슈톡하우

젠을 만났고, 현악 4중주를 처음 작곡.

1958년(26세) 존 케이지를 다름슈타트 하기 강좌에서 만남.

1959년(27세) 〈존 케이지에 대한 경의(Homage to John Cage)〉 발표, 갤러리 22, 뒤셀도르프.

1960년(28세) 10월 6일 〈피아노포르테를 위한 연구〉에서 2대의 피아노를 부수고 존 케이지의 넥타이를 자르는 퍼포먼스.

1961년(29세) 슈톡하우젠의 〈오리기날레〉 공연 참가. 〈머리를 위한 선〉 공연.

1962년(30세) 〈바이올린 솔로를 위한 독주〉.
비스바덴 플럭서스 창립기념 공연 〈플럭서스. 새로운 음악을 위한 국제 페스티벌〉에 참가하여 〈스마일 젠틀리〉 등을 연주.
마키우나스, 보이스 등을 만나 플럭서스의 자기조직 운동에 가담.

1963년(31세) 부퍼탈의 파르나스 화랑에서 백남준의 첫 개인전 〈음악의 전시 – 전자 텔레비전〉.
우치다 히데오, 슈아 아베와 만남.

1964년(32세) 첼리스트 샬롯 무우먼과 뉴욕 아방가르드 페스티벌에서 〈오리기날레〉 공연 및 〈로봇 K-456〉을 가지고 〈로봇 오페라〉 공연.

1965년(33세) 미국 최초 개인전 〈전자 예술〉 보니노 화랑, 뉴욕.

1967년(35세) 샬롯 무어만이 참여한 〈오페라 섹스트로니크〉 퍼포먼스 공연 도중 음란죄로 경찰에 연행.

1969년(37세) 보스턴의 WGBH 방송국을 통해 〈매체는 매체다〉 방송.
백남준은 〈전자 오페라 No.1〉으로 방송의 마지막 프로그램.

1970년(38세) WGBH 방송국 및 록펠러 재단 지원으로 슈야 아베와 함께 비디오 신시사이저 개발.
비디오 신시사이저를 이용한 최초의 작품인 4시간짜리 〈비디오 꼬뮨〉를 방송.

1973년(41세) 뉴욕 WNET 방송국을 통해 〈글로벌 그루브〉 방송.
WGBH, WNET 공동제작으로 〈존 케이지에게 바치는 찬가〉 방송.

1974년(42세) 뉴욕 에버슨 미술관에서 회고전 〈백남준: 비데아와 비디올로지〉.

1977년(45세) 플럭서스 동료이자 비디오 아티스트 구보타 시게코와 결혼, 이 무렵부터 당뇨병으로 고생함.

1978년(46세) 뒤셀도르프 국립 미술아카데미 교수로 초빙.

1981년(49세) 베를린 미술 아카이브가 제정한 Will Grohmann Price 수상.

1982년(50세) 뉴욕 휘트니 미술관에서 회고전 〈백남준〉 오랫동안 동행했던 〈로봇 K-456〉와 결별하는 제의로서 교통사고('21세기 최초의 사고') 연출.

비스바덴미술관에서 플럭서스 창립 20주년 기념 〈플럭서스는 가라〉 행사 참가.

1984년(52세) 새해 첫날밤 우주 오페라 삼부작 1편 〈굿모닝 미스터 오웰〉 전세계 방송.

뉴욕 파리를 인공위성으로 연결하는 리얼 타임 퍼포먼스 생중계. 재방송을 포함하여 전세계 2천5백만명 시청.

1986년(54세) 10월 3일 서울, 도쿄, 뉴욕을 연결하는 우주 오페라 2편 〈바이바이 키플링〉 방송.

동서양을 결코 서로 이해하지 못할 것이라고 한 19세기 영국시인 키플링에 대한 20세기 백남준의 응답.

1988년(56세) 1,003대의 TV로 구성된 〈다다익선〉이 국립현대미술관에 영구 설치.

〈손에 손잡고〉는 서울과 뉴욕 공동 주최, 세계 10여 개국이 참여한 위성 방송.

1989년(57세) 쿠르트 슈비터스상 수상.

1990년(58세) 7월 20일 현대화랑에서 1986년 사망한 평생의 친구 요셉 보이스를 위한 추모굿 벌임.

1992년(60세) 뒤셀도르트 한스 마이어 화랑에서 〈새로운 비디오 조각전〉.

국립현대미술관에서 한국 최초 회고전 〈백남준, 비디오 때, 비디오 땅〉.

갤러리현대, 원화랑, 갤러리 미건에서 〈백남준 비디오 아트 30년 회고전〉.

1993년(61세) 베니스 비엔날레 독일관 작가로 초청됨. 〈전자 고속도로〉전.

베니스 비엔날레 국가전시관 부문 황금사자장 수상.

1995년(63세) 제1회 광주 비엔날레 〈인포아트〉전을 기획.
후쿠오카 아시아문화상 수상.

1996년(64세) 제5회 한국 호암상 수상. 뉴욕에서 뇌졸중으
로 쓰러짐.

1997년(65세) 미국 뉴욕 괴테연구소 괴테상 수상.

1999년(67세) 독일 브레멘 쿤스트할레에서 대규모 회고전.
독일 캐피탈지 선정 세계 100대 작가 중 8
위.
아트뉴스지 선정 20세기 가장 영향력 있는
작가 25인에 선정.
일본 교토그룹 교토상 수상.

2000년(68세) 1월 1일 위성 생방송 프로그램 방영.
한국 정부의 금관문화훈장을 수훈.
2월 11일-4월 26일 뉴욕 구겐하임미술관에서
대규모 회고전 〈백남준의 세계〉 전시.
백남준은 과거에 얽매이지 않고 '동시적 변
화'라는 레이저 작업을 통해 새로운 유토피
아의 꿈에 도전.

2001년(69세) 스페인 빌바오 구겐하임미술관에서 〈백남준
의 세계〉 전시.

Lifetime Achievement in Contempora
-ry Sculpture Award, International Scul
-pture Center.

2002년(70세) 뉴욕 록펠러센터에서 〈트랜스미션〉 퍼포먼
스 및 레이저 작품 야외 설치.

2006년(74세) 1월 29일 미국 마이애미 자택에서 사망.

소설 백남준을 전후한 한국사 연표

1900년 경인선 철도 개통, 만국 우표 연합 가입, 종로에
    가로등 설치.

1902년 신식 화폐 조례 발표, 간도에 관리 파견.

1903년 서울-개성 철도 착공, 첫 하와이 이민 100명 보냄.

1904년 러일 전쟁 발발, 한국과 일본간에 한일의정서 체
    결.

1905년 을사늑약 체결.

1906년 통감부 설치.

1907년 국채보상운동, 대한제국 고종황제가 강제 퇴위되
    고 대한제국 순종황제가 즉위, 한국과 일본간에
    한·일 신협약 체결, 군대가 해산, 헤이그 특사 파
    견, 고종 강제퇴위, 신민회 창립.

1909년 남한 대토벌 작전 전개, 안중근이 이토 히로부미
    를 사살.

1910년 한일병합조약 체결, 숭무학교 설립(멕시코 메리다).

1912년 토지조사사업 실시(1918년 종료).

1919년 대한제국 고종황제 사망, 3·1 독립운동, 대한민국
      임시정부 수립, 의열단 창단, 기미 독립 선언서,
      2.8 독립 선언.
1919년 제암리 학살 사건이 일어남.
1920년 홍범도가 봉오동 전투에서 일본군을 격퇴, 김좌진
      이 청산리 대첩에서 일본군을 대파, 간도참변이
      일어남, 훈춘 사건.
1923년 간토대지진 조선인학살 사건이 일어남, 관세 철
      폐, 조선 형평사 창립, 암태도 소작 쟁의, 국민대
      표회의.
1924년 경성제국대학 설립, 정의부 조선 청년 총동맹 창
      립.
1926년 대한제국 순종황제 사망, 6·10 만세 운동, 정우회
      선언, 조선 민흥회 창립.
1932년 이봉창·윤봉길 의거.
1936년 베를린 올림픽에서 손기정이 금메달, 남승룡이 동
      메달 수상, 일장기 말소사건 발생, 동북항일연군
      조직.
1939년 국민 징용령 제정.
1940년 한국 광복군 창설, 한국독립당 설립, 한글신문(동

아일보, 조선일보 등) 폐간.

1943년 카이로 선언 발표, 학도 지원병제 제정.

1945년 미군정기 소련군정기.

1946년 제1차 미소공동위원회 개최.

1947년 제2차 미소공동위원회 개최.

1948년 제주 4·3 사건 일어남.

1948년 남한 총선거.

1948년 대한민국 헌법이 공포됨.

1948년 대한민국 정부 수립.

1950년 한국 전쟁 발발.

1953년 휴전 협정 조인.

1960년 3·15 부정선거.

1960년 4·19 혁명 시작.

1960년 대한민국 제2공화국 헌법 공포, 윤보선 대통령 취
       임.

1961년 박정희 등이 5·16 군사 정변(5·16 군사 쿠데타)을
       일으켜 정권 장악.

1961년 장면내각 총사퇴, 미국, 군사정권 인정.

1963년 제5대 대통령 선거, 박정희 당선.

1963년 대한민국 제3공화국 헌법 공포, 박정희 대통령 취

임.

1967년 제6대 대통령 선거, 박정희 당선.

1968년 국민교육헌장 선포.

1969년 경인고속도로 개통.

1970년 경부고속도로 개통.

1971년 제7대 대통령선거 박정희 당선.

1972년 7·4 남북 공동 성명 발표.

1972년 대한민국 유신헌법 공포.

1974년 영부인 육영수, 피격당해 서거.

1976년 판문점 도끼 만행사건 발생.

1977년 국내 최초 고리원자력발전소 1호기 점화.

1977년 수출 목표 100억 달러 달성.

1978년 12해리 영해 공표.

1978년 박정희, 통일주체국민회의에서 제 9대 대통령으로
      선출.

1979년 10·26 사건이 일어나 박정희 대통령이 피격당해
      서거, 전국 비상계엄 선포.

1979년 12·12 군사 반란.

1980년 5·18 광주 민주화 운동 일어남.

1980년 대한민국 제5공화국 헌법 공포.

1983년 KBS 이산가족 찾기 생방송 시작.

1983년 9일 아웅산묘역 폭탄테러사건 일어남.

1987년 6월 민주항쟁.

1987년 6.29 선언.

1987년 대한민국 현행 헌법 공포.

1987년 대한항공 858편 폭파사건 일어남.

1988년 서울 올림픽 개막.

1991년 남북한이 유엔(UN) 동시 가입.

1993년 김영삼 대통령 취임, 문민정부 출범

1993년 금융실명제 실시.

1997년 대한민국 정부가 국제통화기금(IMF)에 구제금융을
      요청.

1998년 김대중 대통령 취임, 국민의 정부 출범.

1998년 금강산 관광 시작.

1999년 제1연평해전 일어남.

2000년 6·15 남북 공동 선언 발표.

2002년 서해교전사건 발생.

2003년 노무현 대통령 취임, 참여정부 출범.

2007년 제2차 남북정상회담 개최. '남북관계 발전과 평화
      번영을 위한 선언' 발표.

2008년 이명박 대통령 취임, 이명박 정부 출범.

2009년 노무현 전 대통령 서거.

2009년 김대중 전 대통령 서거.

참고 문헌

백남준, 에디트 테거. 리르멜린 리비어 엮음, 이 임왕준 외 옮김, 『백남준, 말(馬)에서 크리스토까지』, 백남준 아트센터, 2018.

구보타 시케코, 『나의 사랑 백남준』, 아르테, 2016.

『슈야 아베·이정성』, 백남준 아트센터, 2016.

이경희, 『백남준 나의 유치원 친구』, 디자인 하우스, 2011.

데이비드 조슬릿, 안대홍 이홍관 옮김, 『백남준, 앤디 워홀-노이즈 피드백』, 현실문화, 2016.

신옥철 ,『창의력 보아야 보인다.』, 미학사, 2012.

이 외 백남준 아트센터의 영상, 인터뷰자료 참고하였음.